KB266033

내 점수는 별 다섯 개

내 점수는 별 다섯 개

박하령 소설집

킨디리

차례

쌉! 마이웨이

공부 못해도 기죽지 않아도 됨!

“야! 당장 나가!”

소리를 지르고도 화가 안 풀린 언니가 내 등 뒤로 두루마리 휴지를 던졌다. 나는 잽싸게 피하고는 메롱 하며 약을 올렸다.

“올 테면 와 봐!”

딴 때 같으면 바로 방에서 튀어나와 내 머리끄덩이라도 잡을 테지만 오늘의 언니는 그럴 능력이 없다. 지난주부터 다리에 깁스를 하고 있기 때문이다. 안 그래도 모의고사를 앞두고 다리를 다쳐서 신경질이 극에 달해 있는데 언니가 아끼는 운동화를 내가 몰래 신은 걸 알았으니 뒤집어질 만도 하다. 적어도 한 달은 언니가 그 운동화를 신을 일이 없어서 완전 범죄를 노렸는데 들켜 버렸다.

물론 엄마가 있었다면 바로 나를 혼냈겠지만 다행히 엄마는 외갓집에 가고 없다. 친척 결혼식 때문에 주말 지나고 온댔다. 이래저래 언니한테 들이박기 딱 좋은 날이다. 와우! 이렇게 개겨 본 게 얼마 만인지? 마음 요기조기가 간질간질해지다 못해 통쾌하기까지 하다.

태어나서부터 지금까지 쭉 언니는 모든 면에서 나보다 우위에 있었다. 한글을 일찍 뗀 언니가 어려서부터 책을 줄줄 읽고 지하철 노선표도 외워 읊어 대고 손가락 없이도 덧셈 뺄셈을 척척 해낸 덕분에 나는 집에서 주목받지 못했다. 언니는 모든 면에서 빼어났으니까. 물론 내가 아기였을 때는, 그러니까 오로지 귀여움만 받던 시절에는 언니가 나를 잠깐 샘낸 적도 있었단다. 하지만 단지 어리다는 이유 하나로 집에서 특별 대접받기에 두 살 차이는 너무 작다. 개월 수로는 고작 18개월 차이밖에 안 나니까.

학교를 다니면서 언니와 나의 차이는 더욱 도드라졌다. 공부에 소질도 취미도 없는 나와 달리 언니는 학교에서 돌아오자마자 숙제하고 그날 배운 걸 혼자서 복습하고 가방까지 다 싸 놓는 스타일이다. 심지어 언니는 이 닦으란 잔소리 한번 들은 적 없다.

뭐든 다 알아서 척척 해내는 언니 때문에 나는 늘 비교를 당했다. 엄마는 나를 볼 때마다 한숨 쉬며 말했다.

"나경이가 언니 반만 따라가도 좋겠네."

왜 굳이 언니를 닮아야 하는 건지도 모르겠고, 또 나는 애초부터 그럴 생각이 없었다. 뭐랄까? 나와 너무 멀리 가 있는 언니를 보면서 따라갈 의욕 자체가 확 꺾였달까?

핑계 같지만 아마 그래서 만화 그리기와 가까워졌는지도 모르겠다.

아무튼! 사랑은 성적순인 게 분명했다. 엄마, 아빠 그리고 외가·친가 할머니, 친척들까지 모두 다 언니를 예뻐했다. 언니의 까탈스럽고 쌀쌀맞은 성격 정도는 늘 성적으로 가려졌다. 언니는 때론 버릇없는 행동도 했건만 별로 혼나지 않았다. 사촌들을 다 통틀어 성적으로 전교권에서 이름을 날린 건 언니가 처음이라 더 그랬으리라.

명절 때 큰집에 가면 나는 투명 인간 취급을 받았다. 이도 저도 아닌 애매한 아이. 맨날 낙서 같은 만화나 끄적거리는 나를 딱히 칭찬하는 어른은 없었다. 그러니 다들 대놓고 언니를 더 예뻐할 수밖에. 언니가 집에서 특별한 대우를 받는 것은 자연스러운 일이었고, 내가 부당한 대접을 받는 것에 의문을 갖거나 분노하는 사람은 아무도 없었다. 나조차도 그랬다. 그건 아주 당연한 거라고 생각했다.

그런데 어느 날 내 안에 회의감이 싹텄다. 작지만 존재감이 아주 분명한 푸른 새싹 같은 회의감이. 그건 우리 아파트 3층에 한규리가 이사 온 뒤부터였다. 규리는 나보다 한 학년 아래인 중2였지만, 동갑이라길래 등하굣길에 만나면 편하게 얘기를 나눴다. 이유는 모르지만 얼핏 듣기에 휴학을 했었다는 것 같았다.

어느 토요일 오후, 우연히 엘리베이터에서 만난 규리가 대뜸 말했다.

"이나경, 우리 집에서 놀래?"

어찌나 환하게 웃으며 말하던지 나도 모르게 "그래!" 하며 걔네 집에 갔다. 식탁에 앉아 간식을 먹다 규리에게 물었다.

"너 시험 공부 많이 했어?"

중간고사를 앞둬서이기도 했지만 솔직히 싱크대 앞에 있는 걔네 엄마를 의식한 질문이었다. 걔네 엄마가 만들어 주신 로제 떡볶이가 너무 맛있어서 잘 보이고 싶었다고나 할까? 그러자 규리는 "아~니." 하더니 다짜고짜 나에게 물었다.

"너 공부 잘해?"

순간 당황했다.

'엄마 앞에서 왜 그딴 걸 물어?'

내가 우물쭈물하자 규리가 말했다. 배시시 웃으면서.

"나는 공부 완전! 못해. 진짜! 못해. 바닥이야."

'헉! 공부 못한다는 말을 뭘 저렇게 자랑처럼 해? 설마 지금 나 놀리는 거야?'

눈치가 보여 걔네 엄마를 힐끗 봤는데 놀랍게도 규리와 눈을 마주치며 환하게 웃고 있었다.

'말이 돼? 저런 말을 하면서 엄마하고 저렇게 따뜻한 미

소를 주고받는다고?'

　적어도 내 상식으로는 이해가 안 갔다. 우리 집이라면 '넌 창피한 줄도 모르냐.'며 엄청 혼냈을 거다. 어쩌면 반어법일지도 모른다는 생각이 들었다.

　'혹시 구라 아냐?'

　규리가 '완전!'과 '진짜!'에 힘주어 말한 것도 수상했으니까. 그래서 규리 방에 들어갔을 때 조용히 물었다.

　"너 공부 못한단 말 진짜야?"

　"야! 누가 그딴 걸로 거짓말을 하냐?"

　하긴! 잘한다는 거짓말은 해도 못한다는 거짓말은 안 할 테니까. 규리가 이상하다는 듯이 물었다.

　"왜? 그게 뭐 이상해?"

　"아니, 그냥!" 하며 얼버무렸지만 기분이 정말 묘했다. 공부를 못한다는 이야기를 엄마 앞에서 해맑게 할 수 있다는 것도 또 그런 말을 하면서 죄책감 내지는 쪽팔림을 전혀 안 느낀다는 게 완전 신기했다. 뭐지?

　나는 공부에 관한 한 항상 주눅이 들어 있다. 어쩌다 집에 친척들이 왔을 때 다 같이 화기애애하게 과일을 먹다가도 공부 이야기만 나오면 나는 스멀스멀 방으로 기어들어 갔다. 불 위에 올려진 오징어처럼 한순간에 내가 쪼그라드는 기분이 드는 게 너무 고약했다. 나 자신이 함량 미달의 불량품 같달까? 예전에 언니가 내 수학 시험지에서 오답을 확인할 때 그렇게 말했다.

"완전 기초를 어떻게 몰라? 학생의 본분이 뭐야? 공부 아냐?"

본분을 다하지 못하고 있다는 건 옳지 않은 거니까. 그러니까 주눅 드는 게 맞는 거 아닌가? 그런데 한규리 쟤는 뭐지? 머릿속에 커다란 물음표 하나가 떠올랐다. 그렇다고 규리한테 '넌 왜 그렇게 뻔뻔해?'라고 묻기도 그렇고. 암튼 아리송한 기분 속에서 말했다.

"나도 못해! 아! 수학이 제일 어려워."

그러자 규리가 눈을 동그랗게 뜨고 말했다.

"수학이 어려워?"

나는 속으로 '엥? 얘 뭐래!' 하고 생각하는데 규리가 뒤이어 말했다.

"나는 어려운지 어쩐지조차도 몰라. 그냥 수포자야."

규리는 여전히 해맑은 표정이다. '수포자.' 그 비극적인 단어를 말하는데 저리 해맑다니……. 완전 이상했다. 방실방실 웃으면서 '나는 시한부야.'라고 말하는 거랑 크게 달라 보이지 않았으니까.

사실 내 수학 성적도 거의 바닥을 긴다. 언니는 나한테 "안 하니까 모르지. 하는데 어떻게 몰라?"라고 소리친다. 하지만 아니다! 세상에는 해도 모르는 게 있다. 해도 몰라서 안 하게 되고, 안 하다 보니 더 모르게 되는 그런 게 있다. 나한테는 수학이 그렇다. 그럴 때면 질퍽한 진흙 속에 발바닥이 콱 박혀서 꼼짝 못 하는 거 같은 기분이 든다. 그래서 더 웅크리게 되는데, 그런 걸 언니는 절대 모른다. 경험 못 해 봤으니 알 리가 없겠지. 바보!

"이해가 안 간다고!"

이렇게 소리치면 언니는 나보다 더 목소리를 높인다.

"야! 처음부터 아는 사람이 어딨어. 해야 알지. 그런데 너는 안 하고 모른다고 하는 거잖아! 야야! 창피한 줄 알아."

언니 말대로 내가 능력이 부족한 거고 잘못한 거니까 분명 창피해야 할 일이다. 난 여태 그렇게 생각해 왔는데…….

그런데 저렇게 당당할 수 있다니. 심지어 규리는 〈공부 싫어송〉이란 자작곡도 만들어서 부른다. 처음부터 끝까지 공부를 욕하다 후렴구에 "싫어!" "안 해!"를 반복하는 그런 노래를 감히 집 안에서 부른다. 우리 집에서는 상상할 수 없는 일이다. 엄마나 언니가 듣는다면 아마 내 머리통을 쥐어박을 게 뻔하다.

규리, 쟤는 공부 못하면서도 전혀 주눅 들지 않는 배포는 대체 어디서 나오는 걸까? 듣다못해 내가 한 소리 했다.

"너 양심불량 아니냐?"

"뭐가?"

"공부도 못하는 주제에 뭐 잘났다고 노래씩이나 불러?"

"뭐가 어때서? 싫은 걸 좋다고 할 수는 없잖아?"

그러게. 듣고 보면 맞는 말이긴 하다.

"그래도……."

"공부가 싫은 건 취향이고 못하는 건 팩트인데 뭐가 어때서?"

"아니……."

완전 아리까리했다.

“못할 수도 있는 거지 뭐! 사는 데 뭐 정답이 있는 것도 아니잖아?”

‘정답이 있는 것도 아니잖아.’라는 말이 귀에 와서 콱 박혔다.

‘그래, 뭐 공부 못하는 게 틀린 건 아니잖아? 잘못도 아니고…….’

그날 저녁에 나는 규리와 나의 차이점을 곰곰이 생각해 봤다. 규리나 나나 똑같이 공부를 못하는데 주눅이 든 나와 다르게 규리는 당당하다는 차이점이 있었다.

처음에는 공부 못한다고 떳떳하게 얘기하는 규리가 ‘뻔뻔한 애’ 내지는 ‘비정상’이라고 생각했는데, 그걸 규리의 논리대로 다시 생각해 보니 나도 규리처럼 당당해져도 되겠다는 결론이 섰다. ‘정답이 없으니까 그냥 선택하면 되는 거 아냐?’ 그건 마치 오징어를 고추장에 찍어 먹을지, 마요네즈에 찍어 먹을지 정하는 것과 같은 것일 수도 있다.

생각해 보면 그동안 나는 ‘정답’이라고 여겼던 게 정말 많았던 것 같다. ‘그래야 한다.’에 갇혀서 선 밖으로 조금만

나가도 큰일 나는 줄 알았다고나 할까?

공부를 못하니 기죽어 있어야지, 가족들이 심부름시키면 당연히 공부 못하는 애가 먼저 튀어 나가야지. 솔직히 그동안 언니한테 치킨 다리를 양보한 것도 '공부 잘하는 언니 먼저!'라는 생각에서 나온 행동이었다. 그런데 이제 다르게 생각해 봐야겠다.

나는 평상시에 손이 야무진 편인데 시험 못 봤다고 혼난 날에는 빨래 너는 아주 간단한 일도 제대로 못해서 엄마한테 잔소리를 듣는다.

"이나경, 탁탁 털어! 이렇게 널면 옷이 다 꼬깃꼬깃해지잖아! 말해야 아니? 머리로 생각을 하면서 해야지!"

그럴 때는 머리가 있는데도 머리가 잘 돌지 않는다. 뭔가가 내 온몸을 철사처럼 감고 있는 기분이 드니까. 그래서 이것도 못 하고 저것도 못 하고, 나는 그렇게 생겨 먹은 애인 것 같고, 내 온몸을 감고 있는 걸 걷어 낼 생각조차 못 할 만큼 주눅이 든다. 그때는 그게 뭔지 몰랐는데 이제 알 것 같다. 그건 일종의 죄의식이었다.

'맞아! 죄의식 따위는 버려도 될지도 몰라.'

이런 결론이 섰다. 죄의식에 묶이면 잘할 수 있는 것도 못하게 되니까 말이야. 뭐, 어차피 좋은 것도 아니잖아?

그 뒤로 규리네 집에 자주 드나들면서 그런 내 생각은 더더욱 분명해졌다. 규리와 규리 엄마와 같이 앉아 피자를 먹으면서 수학이 얼마나 어려운지 그래서 얼마나 힘든지를 스스럼없이 떠들게 되면서 나는 태어나서 처음으로 공부를 못하는 것에 대해 떳떳함(?)을 가져 봤다.

'못해도 된다'가 아니다. '못할 수도 있다'는 것. 못하는 건 죄가 아니라는 것. 그러니 이유 없이 주눅 들 필요 없다는 것이다. 못하는 걸 쿨하게 인정하고 나면 내가 잘하는 걸 더 잘할 수 있다. 이 생각에 힘이 더 실리기 시작한 건 내가 좋아하는 것에 대한 열정과 애정 그리고 그것들이 빚어낸 희망 때문이었다.

나는 그림 그리는 걸 완전 좋아한다. 물론 그동안은 그림이란 표현보다는 주로 낙서란 소리를 많이 들었지만.

얼마 전에 규리네 막내 이모가 출장 가며 맡긴 점박이 강아지가 너무 짖어서 규리가 엘리베이터에 붙일 사과문을 쓴다길래 내가 그 옆에 그림을 그렸다. 강아지와 미안해하는 사람 모습을 네임펜으로 쓱쓱 그렸는데 그걸 본 규리 엄마가 휘둥그레지며 "와우~"라고 외쳤고 이어 규리도 호들갑을 떨며 말했다.

"이나경, 대~박! 너 그림 천재구나?"

"천재는! 장난하냐?"

쑥스러워서 그림을 손으로 가리자 규리 엄마가 말렸다.

"아냐, 아냐! 이거 소장해야겠는걸?"

그 말이 농담이 아니라고 느낀 건 규리 엄마가 종이를 손끝으로 조심스럽게 들었기 때문이다. 그리고 웹툰 작가나 일러스트레이터가 되어 보는 건 어떻겠냐고 진지하게 내게 말했다. 그 말을 듣는데 가슴이 막 쿵쾅거렸다.

"재능은 없는데 그냥 그림 그리는 걸 좋아해요."

"좋아하는 걸 꾸준히 해내는 거, 그게 최고의 재능인 거야."

그 말을 듣는 순간, 어디선가 바람이 불어오는 듯한 착각이 들었다. 내가 그린 게 그냥 낙서가 아니라 그림이고, 그게 내 미래를 바꿀 수도 있다는 상상을 하니 마구 설렜

다. 낙서한다고 구박받으면서도 지금까지 그림을 그려 온 꾸준함이 나의 재능이었다니! 나 자신이 진심 괜찮게 느껴졌다. 집에 갈 때 엘리베이터 거울 속 내 모습은 딴 날보다 훨씬 더 예뻐 보였다. 얼굴을 비추는 건 거울이 혼자서 하는 일이 아니라, 내 마음과 같이 하는 일이란 생각을 처음으로 해 봤다.

물론 전에도 그림 그리는 사람이 되고 싶다는 생각을 막연하게 했었다. 하지만 선뜻 입을 뗄 수는 없었다. 그러기에는 내 그림 실력이 별로 대단하지 않았다. 그리고 전에 엄마가 그랬었다.

"예체능은 무엇보다도 타고난 재능이 있어야지."

그러면서 취미 말고 전공에 투자해야 한다고 했다. 그래야 먹고산다고. 애매한 재능을 믿고 먼 길을 가는 건 잔인한 일이라며 "오죽하면 '애매한 재능은 저주'란 말이 있겠니? 그니까 그림은 대학 가서 취미로 하고 취업에 유리한 전공을 선택해."라고 했다. 게다가 요새는 AI까지 나섰으니 앞으로는 더 살아남기 힘들 거라고 했다. 그러자 옆에서 아빠도 그랬다.

“맞아. 미술은 돈도 많이 들고…….”

마음이 아팠지만 구구절절 다 맞는 말인 것 같았다. 실제로 나는 미술 대회에서 상을 탄 적도 없었고 하다못해 교실 뒤에 내 그림이 붙은 적도 없었으니까.

언젠가 내 짝은 내가 그린 꽃병을 보고 악평을 했다.

“뭐야! 데생의 기초도 모르는군. 반사광도 엉망이고, 명암도 안 넣었고, 다 틀렸어.”

그림에도 정답이 있는 건지 몰랐는데 걔 말로는 그것도 외워야 한다면서, “물론 천부적인 애들은 외우지 않고도 그리겠지만.”이라고 말을 줄였다.

아닌 게 아니라 내가 보기에도 재능이 있는 애들은 어디서든 도드라졌다. 초등학교 때 다닌 미술학원에서는 학원 선생님이 어떤 애가 그린 그림을 보고 엄지손가락을 세우며 부모님과 진지하게 진로를 의논해 보라고 하는 걸 봤다. 그에 비하면 내 그림은 그냥 그저 그랬다. 문제는 그저 그런 내가 그림 그리는 걸 너무 좋아한다는 거였다.

나는 틈만 나면 그림을 그려 댔다. 아니, 언니 표현대로라면 낙서를 해 댔다.

“시험지에다 낙서나 잔뜩 해 놓고 잘~ 한다.”

“낙서 아니고 그림이야.”

“시험 시간에 만화나 끄적거려 놓고 그림은 무슨?”

”다 풀고 남는 시간에 그린 거야.”

“야! 이딴 거 그릴 시간에 문제 푼 거 검산을 해. 다 틀려 놓고 낙서나 하고 있으니……. 너 검산 몰라?”

나도 안다, 검산. 다만 수학 문제를 풀 줄 몰라서 찍었는데 검산이 무슨 의미가 있겠냐는 말이다. 답안지를 다 메꾸고 한 번 더 답 위에 덧칠을 해도 시간이 남는다. 남은 시험 시간은 늘 길게 느껴져서 정말 곤혹스럽다. 그렇다고 책상에 엎어져 있을 배포는 내게 없다. 그래서 시험지 여백에 만화를 그린다.

신기하게도 그림을 그리는 동안은 시간이 빨리 간다. 나 자신을 잊을 정도로 몰두하기 때문에 괴로움도 없다. 시험 시간이 끝나기를 기다리는 나는 없고, 그림 그리면서 행복해하는 나만 있다. 순도 높은 열정만 있다고 할까?

하지만 그러거나 말거나 나는 그림 때문에 맨날 혼났다. 그림을 그리는 일은 떳떳한 일이기보다는 시간을 죽이는 일 쪽에 속했다. 왜냐면 "그러고 있을 시간에 책을 한 장이라도 더 봐라."라고 잔소리를 들었으니까. 나 역시 공부가 하기 싫어서 그림을 그리는 거라고만 생각했다.

그런데 규리네 집에서 칭찬을 들은 뒤로는 조금 생각이 달라졌다. 내가 확 도드라지는 천재는 아니지만, 그림을 좋아하고 잘 그리고 싶은 마음이 큰 재산이 될 수 있다는 생각이 들었다. 뛰어나게 잘하지는 않더라도 좋아하는 걸 꾸준히 하다 보면 언젠가 내가 그림 그리는 사람이 될 수 있을 거라는 꿈도 생겼다.

여기까지 생각하니 '와우! 근사한걸' 하고 마음속으로 소리치게 되었다. 가슴도 약간 뻐근해지기도 했다. 하지만 집에 와서 식구들에게 그런 말을 전하기는 어려웠다. 그래도 용기 내서 엄마에게 말을 꺼내 봤다.

"엄마! 아까 규리네 갔었는데."

"302호? 학년도 다르다면서 넌 걔랑 뭐 하고 놀아?"

"걔 나랑 동갑이야."

"근데, 걔는 공부 좀 하니?"

"아니다, 아니야."

결국 공부 얘기로 이어져서 급하게 대화를 끝냈다. 내 방에 들어와 거울을 보니 엘리베이터에서 보던 그 얼굴이 아니었다. 마법에라도 걸렸다 풀린 걸까? 이런 생각이 들 정도로 후줄근해 보였다. 규리네 집에서는 분명 내 꿈에 대한 자신이 있었는데 한바탕 꿈을 꾸고 난 것처럼 다시 원위치로 돌아간 기분이었다. 확실한 뭔가도 없이 누구네 엄마의 칭찬 한 마디에 자신감을 갖는 건 역시 무리였다.

얼마 뒤에 학원 앞 편의점에서 규리와 마주쳤다. 수업 직전의 짧은 저녁 시간이라 몸을 재게 움직여 컵라면을 골라 자리에 앉았는데, 옆자리에서 마냥 굼뜨게 움직이는 규리를 보고 있자니 울화가 치밀었다. 컵라면 비닐 뜯는 데도 한나절, 뚜껑을 열고 스프를 넣는 데도 느릿느릿.

보다 못해 내가 뺏어서 스프를 털어 넣어 줬다. 전에도 느꼈지만, 왜 저렇게 느리게 움직이는지 화딱지가 났다. 참다못해 한마디 했다.

"한규리! 너 겁나 느림!"

"나…… 맨날 지각할 뻔하잖아. 일찍 일어나는데도 준비하는 데 시간이 너무 걸려서 간신히 골인한다니까. 피구할 때도 항상 내가 첫 번째로 아웃이잖아? 선생님이 시작 호루라기 불자마자 아웃!”

말하며 규리는 깔깔댔다. 웃으면서 할 얘기는 아니지 않나? 나는 속으로 ‘야! 너도 양심 좀 있어라.’라고 울화를 터트렸지만 내색하지 않고 돌려 말했다.

“안 답답하냐?”

나도 모르게 고개를 저으며 딱하단 표정을 지었는데 규리는 내 표정에 노여워하긴커녕 자분자분 말했다.

“거북이의 애환이지 뭐. 근데 엄마가 나는 어려서부터 그랬다고 그냥 내 기질이니까 스트레스 받지 말랬어. 대신 잘하는 게 있으니까. 사실 내가 꿍하고 가만히 앉아서 오래 하는 건 잘하거든? 전집류 책도 앉은 자리에서 독파하고, 오천 피스 퍼즐도 한자리에서 해내거든. 그러니까 뭐든 빛을 내는 게 있을 거랬어. 이 세상에 재능이 없는 사람은 없대.”

규리는 진짜로 언젠가 빛날 자신에 대한 믿음을 가진 것처럼 보였다.

갑자기 기분이 묘해졌다. 다시 마법에 걸린 기분이 들었다. 규리를 딱하게 봤던 조금 전 내가 더 이상한 듯 여겨지고, 더불어 뭔가 위로 받는 기분도 들었다. 뭐랄까? 새로운 세상으로 들어가는 문턱에 선 기분이랄까?

"정. 말. 로. 누구나 다 재능을 갖고 있을까?"

"그럼! 자 봐?"

그러더니 규리는 다섯 손가락을 펼치더니 엄지손가락을 자기 콧구멍에 넣는 시늉을 했다.

"엄지손가락으론 코를 못 파잖아?"

"아! 더러워."

"그니까 각자 다 쓰임이 있고, 다 다르다는 거지."

"애매한 재능도 쓸모가 있을까?"

"뭔 소리? 재능에 무슨 순서가 있다는 거야? 애매하다니, 그건 누가 정하는 거래? 그냥 그건 상대적인 거잖아."

규리의 뒷이야기는 더 안 들어도 뭔 소리인지 알 것 같았다. 난쟁이 나라에 온 키다리나, 키다리 나라에 온 난쟁이를 두고 누가 정상이라고 말할 수 없는 거니까. 있는 그대로의 자기를 인정하면 되는 건데. 새삼 규리가 부러웠다.

"한규리, 넌 좋겠다."

"뭐가?"

"못해도 또 느려도 기다려 주는 사람이 있잖아. 나는 혼나기 싫어서라도 지금 어디로든 마구잡이로 뛰어야 할 거 같은데."

"네 인생인데 아무 데로나 뛴다고? 말이 돼?"

"그러게. 솔직히 뭘 해야 할지 모르겠어."

"넌 그림 천재잖아."

"웩! 무슨 천재! 남들이 들으면 비웃겠다. 나는 그림으로 상 탄 적도 없고, 칭찬도 너네 집에서 들은 게 전부야."

"그리는 게 좋다면서? 그리면 되잖아. 너는 그림 그릴 때 시간 가는 줄 모른다며? 그게 진정한 재능이지."

"진짜?"

"네가 좋은 걸 하는 거야. 너를 믿어. 고흐라는 유명 화가도 살아 있을 땐 인정 못 받았대. 그래도 그렸잖아. 아마 그 사람도 그릴 수밖에 없어서 그랬을걸? 운명처럼."

"그릴 수밖에 없어서 그랬다고?"

"어. 그려야 행복하니까."

그러게. '자기가 행복한 걸 하는 게 결국 행복한 삶이 아닐까?' 이런 생각이 마음속에 자연스럽게 고였다.

꾸물대는 규리랑 페이스를 맞추다 결국 김밥도 남기고 학원에 들어가야 했다. 하지만 그날 저녁은 컵라면에 삼각김밥과 소시지까지 다 먹어도 늘 허기지던 다른 날과 비교도 안 되게 든든했다. 아마도 내 안에 자신감이 자라고 있어서일지도 모른다.

집에 와서 자기 전까지 그림을 그렸다. 언젠가 빛날 자신에 대한 믿음을 가진 소녀가 편의점 창가에 앉아 컵라면을 먹는 모습을. 창밖의 가로등 불빛보다 밝게 빛나는 영롱한 눈빛을 가진 소녀. 그 소녀의 이름은 나, 이나경이다. 그림을 그리면서 나는 내내 속으로 외쳤다.

'나는 그림을 그리기 위해 태어난 씨앗이야. 이제 곧 푸른 싹을 틔울 거고.'

이제는 그림 실력보다 그림을 그리면서 행복해하는 나에게 열중하기로 했다. 그림을 그리는 게 나의 운명이라고 생각하니 나 자신이 단단해지는 걸 느꼈다.

그렇게 매일매일을 나로 가득 채워 지내다 보니 내 세

계가 만들어져 가는 기분이 들었다. 나의 세계에, 내가 만든 나만의 성(城). 나는 그 성의 성주(城主)다. 내 성의 성주가 된 뒤로 웬만해서는 언니의 지적에 크게 상처 입지 않는다. 전에는 모든 게 언니보다 못한 내가 있었지만, 이젠 이하경과 이나경은 각자의 성에 살고 있으니 우위를 정할 수 없다. 언니가 공부 못하는 나를 못마땅해해도 그건 언니의 입장일 뿐이다.

지난주에 언니가 계단에서 발을 헛디뎌 다리 깁스를 하고 온 날, 언니는 공부해야 하는데 불편해 미치겠다고 짜증을 온 집 안에 흩뿌렸다. 그도 그럴 것이 석고 깁스라 다리를 접지 못하니 다친 다리는 편 채로 책상에 앉아야 했다. 언니는 책상에 앉아 책장을 찢어 낼 듯이 넘기면서 주구장창 내게 심부름을 시켰다. "요기다 쿠션 좀 받쳐라." "물 좀 가져와라." "저 책 좀 집어 줘라." "형광펜 주워 와라." 등등.

처음엔 약자에 대한 배려로 참았는데 슬슬 나도 화가 났다. 그런 언니를 보고 있자니 갑자기 묻고 싶어졌다.

"언니는 공부하는 게 행복하지 않은가 봐?"

“야! 공부하는 게 행복한 사람이 어딨냐?”

“나는 그림 그릴 때 행복한데…….”

물론 내 말에 언니가 감탄을 하거나 부러워하거나 하는 일은 없었다. ‘뭐래?’ 하는 표정만 지어 보였을 뿐. 하지만 나는 그 사실을 입 밖으로 내뱉으면서 그만큼 자신감이 더 붙었다. 입안의 혼잣말보다 입 밖으로 나온 말은 더 힘을 가지니까.

“그래서 뭐 어쩌라고!”

언니는 약간 비아냥댔다.

“나는 행복한 사람이 될 거야.”

“과~연.”

“두고 봐.”

뭘 두고 보냐고? 나는 내 경계를 지킬 거니까. 내 성을 침입하면 가만히 안 있을 거고. ‘나한테 함부로 하지 말라.’는 메시지를 분명히 전할 거다. 그리고 이 기세를 몰아 엄마 아빠에게도 나의 ‘행복한 그림 그리기’를 존중해 달라고 말할 것이다.

언니가 책상 위에서 한쪽 다리를 침대에 걸치고 잠든 사이에 나는 언니 깁스 위에 네임펜으로 휘리릭 그림을 그렸다. 그림 그리는 소녀의 모습을. 그리고 소녀의 머리 위에 난 푸른 새싹도. 밑에는 '쌉! 마이웨이'라고 썼다.

퐁당 인 러브
3-2=1. 1이 된 나

"미란아, 왜 또! 뭔 일 있어?"

베란다에서 빨래를 걷던 엄마가 말했다.

"아니!"

"아니긴?"

엄마는 다 안다는 눈치다.

현관문 쾅! 운동화 곱게 벗지 않고 발로 털기 툭! 그다음 소파에 몸 던지기 푹!

기분 안 좋을 때 나오는 나의 패턴이니까.

"걔네 오늘 또 싸웠어. 완전 짜증 나!"

“시내하고 동원이, 요새 자주 그러네! 근데 왜 꼭 네 앞에서 싸운다니?”

‘그니까!’라고 말하려다가 만다. 그건 너무 당연한 일이다. 우리는 늘 셋이 붙어 다니니까.

오늘도 내가 학원 보충 수업 듣는 동안, 시내와 동원이는 편의점 파라솔 아래서 노닥이더니 집에 가는 길에 갑자기 별것도 아닌 일로 투닥거리기 시작했다. 그러고는 아파트 놀이터 미끄럼틀 아래 서서 본격적으로 싸웠다. 대단한 말이 오간 것도 아니었다.

“그래, 너 잘났어.” “넌 네가 우주의 중심인 줄 알지?” “너 그거 병이야. 치료 받아.” “너나 받아.” 뭐, 이 정도?

옆에서 듣고 있으면 헛웃음이 절로 나올 정도로 유치찬란하다. 참다못한 내가 “아 좀!” 하고 소리를 빽! 지르자 그제서야 한풀 꺾였고, 시내가 먼저 자기네 아파트 동 쪽으로 뛰어가면서 싸움은 끝이 났다.

최근 들어 시내와 동원이는 이런 식으로 자주 싸운다. 그러고는 다음 날 아침에는 또 언제 그랬냐는 듯이 습관처럼 셋이 같이 학교로 간다. 물론 싸운 다음 날은 항상 나를 가운데 두고, 둘이 앞서거니 뒤서거니 하며 몸개그에 가까운 실랑이를 한다. 가방으로 밀고, 열쇠고리를 잡아당기고, 발도 걸고…….

"애들은 싸우면서 크는 거잖니. 놔둬."

엄마는 귀엽다는 듯이 웃으며 말하지만 나는 계속 계속 성질이 나 폭발 직전이다.

"근데 걔들 싸움에 왜 네가 성질을 내는데?"

"아니! 그게……."

솔직히 나도 내 맘을 잘 모르겠다.

'왜지? 걔들이 싸우는데 왜 내가 짜증이 나지?'

내가 바른생활 지침을 사수하는 캐릭터도 아니고, 그렇다고 둘이 싸워서 우리 셋 사이가 틀어진 것도 아니고, 시시하게 아웅다웅하는 정도인데, 왜 내 마음이 이토록 불편한 건지 도통 이해가 안 간다.

쿠션에 머리를 박고 곰곰이 생각해 보니 내 마음에 고인 감정의 실체가 뭔지 알 것 같다. 마음 끝자락부터 싸하게 도려내지는 듯한 기분, 그건 일종의 소외감이다.

'그런데 왜? 소외감이 드는 거지?'

이 기분이 뭔지 모르겠고, 뭔지 몰라서 짜증나지만 뭔가가 일어나고 있는 것 같은 예감이 들어서 불안하다. 어쩌면 우리 셋 사이에 균열이 일어나고 있는 걸지도 모른다.

유치원 때부터니까 우리 셋의 역사는 거의 8년째다.

우리는 같은 아파트 단지 201동, 207동, 211동에 각각 사는데 동도 가까워서 베란다에서 보면 서로 들락거리는 게 보일 정도다. 엄마들끼리도 사이가 좋아서 우리는 학원도, 방학 때 가는 캠프도 늘 같이 갔었다. 심지어 쇼핑이나 맛집 정보도 대부분 공유해 왔다.

엄마 말로는 동원이는 남자애라 사춘기가 되면서 떨어져 나갈 법도 한데, 애가 워낙 무던해서 아직도 잘 지내는 거라고 했다. 아닌 게 아니라 지동원은 애가 순둥이 그 자체다. 보통 외동들은 이기적인 면이 있다고 하던데 얘는 전혀 그렇지 않다. 까칠한 데도 없고, 약 올려도 잘 발끈대지도 없고, 매사에 계산적인 면이 없다. 무거운 거 있으면 네 것 내 것 안 가리고 덥석덥석 들어 주고, 간식도 잘 사 준다.

뭐! 흠이 있다면 잘생긴 편은 아니라는 점. 키, 몸매, 패션 감각 뭐 하나 빼어난 게 없어서 같이 다닐 때 우리가 자부심을 가질 정도는 아니다. 시내는 동원이에게 "네가 우리 평균 점수를 까먹는 거 알지?"라며 대놓고 외모 평가를 한다. 그래도 동원이는 한 번도 화낸 적 없다.

사실 동원이는 수학을 엄청 잘해서 엄마들의 칭찬이 끊이지 않지만, 우리 셋 사이에서는 공부가 금기어라 그 점은 장점으로 전혀 부각되지 않는다. 아마도 우리는 공부로 경쟁하는 사이가 아니라서 오랫동안 친하게 지낼 수 있는 게 아닐까 싶다.

김시내는 야리야리한 체형에 눈치가 빨라서 치고 빠지기도 잘하고, 필요할 때는 눈웃음치면서 원하는 걸 잘 얻어 낸다. 하지만 기질만 여우일 뿐, 워낙 마음이 착하고 여려서 나쁜 짓은 절대 못 한다. 어릴 때 큰 수술을 받아서 병원 생활을 오래 했는데 그때 시내 엄마 아빠가 뭐든 다 오냐오냐해서 응석받이 같은 행동을 종종 한다.

공부도 안 하고 성적도 나쁜 편인데 늘 당당하다. 외모도 그렇게 빼어난 편이 아니건만 자뻑이 완전 심하다. 그래도 공감 능력은 완전 뛰어나서 누가 기분이 안 좋아 보이면 얼른 알아채고 적재적소에 쓰담쓰담 립서비스를 잘한다. 입에 발린 말이란 걸 알아도 또 듣고 싶을 만큼 천부적인 재질을 가졌다.

하지만 가끔 시내는 자신의 그런 능력을 악용하기도 한다. 이를테면 새우튀김이나 초콜릿같이 맛난 게 딱 세 개 있을 때 자기 몫을 먹고도 눈웃음을 치면서 이렇게 말한다.

"아! 나…… 또 먹고 싶다. 왜 이러니? 나 미쳤나 봐."

그럴 때마다 시내가 얄밉긴 하지만 늘 동원이가 양보하기 때문에 나에게는 치명적인 단점으로는 느껴지진 않는다.

마지막으로 나에 대해서 이야기한다면, 한마디로 무난한 타입이다. 엄마를 포함해 주변 사람들이 다들 그런다. 공부도 그럭저럭해서 모범생과에 속하는 편인 데다 집에서 동생이랑 싸워 본 적도 없고, 반에서도 누구와 다퉈 본 적 없이 잘 지낸다. 예를 들어 학교에서 조별 과제 할 때나 캠프에 가서 소그룹으로 나눌 때면, 다른 애들이 이런저런 감정적 실랑이를 할 때 나는 늘 인원이 부족한 그룹에 자발적으로 들어가 문제를 해결하는 역할을 한다.

그럴 때마다 시내는 나한테 "서미란, 너 너무 무딘 거 아니니?"라거나 "넌 취향이 없어?"라고 타박하지만 그건 아니다. 나는 갈등을 싫어해서 항상 남들에게 맞추는 편이다. 동생이 있어서 그런 건지 잘 모르겠지만 나는 항상 '양보의 미덕'이란 말을 염두에 두고 행동한다. 동원이의 순둥순둥함이 타고난 기질이라면 나의 무난함은 노력의 결과이므로 칭찬받아 마땅할지도 모른다.

내 외모 역시 무난한 편이다. 눈은 쌍커풀이 크고 짙게 졌고, 입은 적당한 크기에, 코도 납작하거나 들창코가 아니어서 어느 것 하나 감점을 받을 요소가 없다. 다만 괜찮은 이목구비가 모여 '짠!' 할 만큼 매력적인 조합을 이루지 못한 게 조금 아쉽긴 하지만.

암튼 내 입으로 말하긴 쑥스럽지만 나는 여러모로 괜찮은 애라고 생각한다. 물론 친구끼리 순위를 매기는 건 웃기지만 시내보다 내가 한 수 위라고 본다. 가끔씩 응석의 범위를 벗어나 땡깡을 부리기도 하는 치명적인 결점을 지닌 시내보다야 내가 성격도 더 낫다고 생각한다. 물론 이 생각은 절대 발설한 적 없지만 말이다.

그런데 지금까지 내가 알고 있던 모든 것이 다 뒤집히는 일이 벌어졌다. 더불어 내가 느꼈던 알 수 없는 소외감의 실체가 뭔지도 정확히 알게 되었다.

저녁을 먹고 나서 인터넷 강의를 들으려고 이어폰을 찾는데 안 보여서 동생 방에 들어갔다. 아란이가 핸드폰 메신저로 수다를 떠느라 정신이 없길래 아란이의 헤드폰만 갖고 나가려는데 갑자기 자기 가방 주머니에서 뭔가를 꺼내 내게 던졌다.

"언니! 정류장 앞 '포토박스'에서 주웠어. 의자 밑에 떨어져 있더라?"

4분할 된 스티커 사진. 그 사진의 등장인물은 시내와 동원이었다. 순간 '띠용' 소리와 함께 내 눈 밖으로 나온 눈알을 본 것 같았다. 만화에서 놀랐을 때 눈동자가 튀어나오는 그림이 절대 과장이 아님을 알았다.

시내와 동원이가 미키 머리띠에 곰돌이 모자, 호랑이 모자, 하트 머리띠를 끼고 찍은 사진 네 컷. 어깨동무하듯이 포옹하는 모습, 절대 예사로운 일이 아니다. 너무 놀라 사진이 한눈에 들어오지 않았다.

일단 아란이 앞에서는 무신경하게 사진을 챙기고, 놀라지 않은 척 일부러 대사도 던졌다.

"칠칠맞지 못하게 흘리고 다니긴!"

내 방에 들어오자마자 심장이 사정없이 방망이질을 치기 시작했다. 한 컷 한 컷 다시 보니 놀라웠다.

그동안 우리 셋이 포토박스에 여러 번 갔었고 둘씩도 더러더러 찍은 적 있지만 이런 모습은 아니었다. 카메라 앞에서 서로 뺨을 대고 셋이 부둥켜안기도 했었지만 절대 이런 분위기가 나진 않았다. 이 사진에는 눈에 보이지 않는 무언가가 느껴졌다. 거기에는 누가 봐도 '친구 아님'이라고 할 만한 분위기가 분명 있었다.

아니! 머리를 한번 털고 사진을 다시 보니까 둘이 진한 애정 행각을 하는 것처럼은 보이지 않았다. '괜한 오해하지 마!' 하고 내 생각에 제동을 걸어 보았다. 그리고 그럴싸하게 합리화도 해 보았다.

'자자, 내가 없는 날 어쩌다 둘이 우연히 사진을 찍었을 수도 있잖아?'

뒤이어 합리화를 반박하는 생각도 뒤따랐다.

‘그런데 왜 나한테 안 보여 준 거야?’

‘깜박했겠지.’

‘포토박스 의자 밑에 떨어뜨리고 나올 정도로 별거 아닌 거잖아?’

‘맞아, 맞아.’

하지만 다시 사진에 초점을 맞추고 보면 더 이상 합리화를 할 수 없었다. 내 안에서 치고 올라오는 의문점 하나.

‘그런데 얘들 이 표정은 뭐야?’

사진 속에는 우리 셋이 알아 온 8년 동안 내가 한 번도 못 봤던 표정이 버젓이 담겨 있었다. 굳이 표현하자면 서로를 바라보는 빛나는 설렘이랄까?

이로써 애써 다잡았던 마음이 다시 무너졌다. 그냥 슬펐다. 정말이지…… 잔인한 사진이었다.

동성 친구끼리든, 우리처럼 혼성이든, 보통 셋이 친하게 지내다 보면 늘 그중 하나가 소외되는 기분이 들 때가 있다. 셋이란 숫자가 갖는 함정이다. 우리 셋 사이에도 그럴 때가 있었다. 나는 늘 둘 사이에서 중재를 잘하는 시소의 축 같은 역할을 해 왔다.

시내가 넘치게 행동하면 내가 나서서 동원이 편을 들어 주고, 동원이가 나한테 더 잘해 주는 것 같으면 시내도 챙기게 했다. 시내와 내가 여자애들만의 소재로 너무 속닥거리나 싶으면 얼른 동원이가 대화에 낄 수 있게 화제를 돌리곤 했다. 그래서 나는 동원이와 내가 더 친하고, 시내와 내가 더 친하다고 생각했다.

항상 둘 사이에 내가 있다고 생각했는데…… 나만의 착각이었을까?

'3-2=1.'

내가 1이 될 거라고는 한 번도 생각 못 했다. 왜 내가 1이 된 걸까? 우습지만 친구 말고 여자친구로도 동원이가 시내보다는 나를 택할 거라고 생각해 왔다. '혹시 동원이가 나에게 고백하면 그러지 말라고 점잖게 타일러야지.'라고 혼자 상상한 적도 있었다.

그날 나는 단 한 번도 상상해 본 적 없는 일들을 생각하며 밤을 보냈다. 그래도 아침엔 햇살이 유난히 쨍해서 어제의 충격을 털어 버릴 수 있을 것 같았다. 비현실적인 햇살 때문에 어제 내가 본 사진은 별거 아니라고 나 자신을 속일 수 있었다. 내가 나를 속이는 일쯤은 잘할 수 있으니까.

등굣길에 애들한테 사진을 건네며 ‘야! 이거 아란이가 주워 왔더라.’ 하고 무심하게 지나가야지. 사진을 줘 버리고 내 기억 속에서 털어 버리면 아무 일도 없던 것처럼 될지도 모른다는 말도 안 되는 기대를 하면서.

마침 현관에 엄마가 세탁해 놓은 하얀 운동화가 있길래 그걸 신고 산뜻한 마음으로 나왔다. 엘리베이터를 놓쳐 계단으로 내려가는데 계단참 창문 밖으로 보이는 장면에 나는 멈칫! 걸음을 멈췄다.

5층 높이에서 내려다보는 거리의 전경이 마치 영화의 한 장면처럼 펼쳐졌다. 영화 속에서 교복을 입은 남학생이 아파트 현관 앞을 서성이고 있다. 이내 현관 입구로 나온 여학생을 보고는 주체할 수 없는 반가움에 다가가 수줍게 손을 슬쩍 잡는다. 여학생은 누가 볼까 봐 남학생을 밀치며 얼른 손을 빼면서도 얼굴에는 환한 미소가 번진다. 절대 숨길 수 없는 미소. 모든 소음이 거세된 무음의 영화라 그 장면에 더 열중하게 된다.

내가 모르는 애들이었다면 아름답게만 보였을 테지만, 안타깝게도 둘 다 내가 아는 애들이다. 둘은 나를 기다리며 서로 장난삼아 살짝살짝 몸을 부딪친다. 어제 그 사진 속에 들어 있던 그 설렘을 여전히 얼굴에 담고서.

이젠 더 이상 나 자신을 속일 수 없었다. 이로써 사진은 엄연한 현실이 되어 버렸다. 아무리 햇살이 비현실적이어도 소용없다. 위에서 내려다보는 세상은 철저하게 무음인데도 내 귀에는 거대한 폭발음이 들려왔다.

'콰콰쾅!'

걔들에게 사진을 건네기는커녕 등굣길 내내 나는 아무 말도 못 했다. 고개를 푹 숙이고 앞서가는 동원의 발뒷꿈치만 보면서 따라갔다. 하얀 내 운동화가 처연하게 보였다. 시내가 내 앞으로 와서 뒤로 걸으며 얼굴을 들이대고 물었다.

"서미란, 너 엄마한테 혼났냐?"

나는 아니라고 고개를 저었다.

"그럼 그거?"

또 고개를 젓자, 이번엔 동원이가 말한다.

“아니면 땅바닥에 뭐 금붙이라도 떨어졌을까 봐?”

그러자 시내가 답했다.

“맞다. 요새 금값이 무지 올랐다더라.”

“너네는 돌반지 엄마가 갖고 있지? 나는 내가 갖고 있다.”

“동원 군! 우리 그거 팔아서 뭐 사 먹자.”

“내가 돌았냐?”

“하나만 팔아도 우리 셋이 샐러드바 두 번은 갈 수 있다구.”

“내가 미쳤냐!”

“진짜 야박하다.”

여느 때처럼 실없는 말을 나누는 두 아이. 검은 타르 같은 진득하고도 어두운 감정이 내 안에서 흘렀다. 배신감 내지는 소외감이겠지.

아무튼 나는 걔네들과 아무 말도 섞고 싶지 않았다. 수업 시간에는 갑자기 눈물도 났다. 철철 흘렀다. 대체 왜 이러는 건지 정말 모르겠다. 전에는 내가 지금처럼 마음이 복잡해 어쩔 줄 몰라 하면 늘 시내가 정확하게 분석을 해 줬다.

“내 생각엔 미란이 네가 언니로서의 권위를 인정받지 못해서 섭섭했던 게 아닐까?”라든가 “사실 너도 양보하고 싶지 않았는데 의무감에 마지못해 하려고 하니 화가 난 거지.”라며 내가 미처 깨닫지 못하고 있던 걸 시내는 꼭 집어 줬다. 가려운 데를 알아서 긁어 주고, 말하지 않아도 알아서 딱 맞게 도와주기도 했었다.

“지하 상가에 네가 좋아할 만한 스트라이프 셔츠 봤는데 사진 찍어 보내 줄까?” 하며 실용적인 정보도 날라다 주기도 하고.

이제는 다 끝났다. 시내는 내가 가 닿을 수 없는 강을 건넜다. 그래서 나 혼자 해결해야 한다. 외롭고 화가 난다.

곰곰이 생각해 보니 짚이는 일들이 몇 가지 생각났다.

아니, 보란 듯이 여러 증거들이 떠올랐다. 언젠가 동원이 가방에 시내 거랑 똑같은 북극곰 열쇠고리가 매달려 있었다. 빨간 하트가 당장이라도 튀어나올 듯이 볼록하게 붙어 있는 하얀 곰 인형.

“어? 이거 시내 거 아냐?”라고 묻자 시내가 약간 느릿한 말투로 말했었다. “내 거랑 비슷하네.”라고.

동원이가 치과 간다고 조퇴하던 날 시내도 조퇴를 했었는데 학원 시간이 다른데도 둘이 동시에 연락이 두절되었던 일도 있었다. 최근에 지동원이 왼쪽에서 오른쪽으로 가르마를 바꾸고는 미용실 누나가 맘대로 그렇게 한 거라고 툴툴대던 것도 석연찮은 일 중 하나다. 얼마 전 저녁에 아파트 윗동 쪽에서 둘이 내려오다 나와 마주쳤을 때 시내는 산책하고 동원이는 심부름 가다가 우연히 만났다길래 그런가 보다 했었던 일도 그렇고.

그때는 우연의 일치라고 생각했던 일들이 이제 보니 그게 아니었다. 뭔가 이상해서 다시 물어보면 둘 다 고장난 것처럼 버벅댔었다. 내 이마를 세게 후려치고 싶다. 답안지를 보고 난 뒤 문제를 보면 '아니 대체 이걸 왜 몰랐지?' 하고 어이없어 하듯이, 그때는 왜 의심조차 하지 못한 건지 지금 생각하니 황당할 따름이다.

또 최근 들어 잦았던 시내와 동원이의 싸움의 정체도 이제 알 것 같다. 둘의 싸움은 일종의 애정 싸움이었다.

전에는 둘이 싸울 때 말리려고 내가 한쪽 편을 들어 주면 동원이는 나한테 "너 양다리 걸치다 가랑이 찢어진다."

라며 진심으로 자기 편이 되길 바랐다. 그건 시내도 마찬 가지였다.

"서미란, 너 박쥐냐? 간에 붙었다 쓸개에 붙었다 하게."

이렇게 서로 분명히 다른 편이었는데 최근에는 뭔가 달랐다. 싸우는 와중에도 둘은 완벽하게 한편이었다. 싸우다 시내가 "흥!" 하며 뒤돌아 뛰는 것도 일종의 '나 잡아 봐라.' 였다. 맥락 없는 농담을 하다 둘이 마주 보며 '픽' 하고 웃던 것도 다 연애질 중이었던 거다.

나도 웹툰에서 봐서 잘 안다. 다른 사람 몰래 은밀히 나누는 둘만의 애정 행각은 더 감칠맛 나고 둘 사이를 더 애끓게 한다.

나는 그동안 둘의 사랑을 활활 타게 해 주는 불쏘시개 같은 존재였던 거다. 바보 등신이었던 거다.

분했다. 억울하기도 하고, 화가 나기도 하고, 자존심도 상하고, 이루 말할 수 없는 감정들이 들고일어나 나를 괴롭혔다. 종일 그런 감정들에 시달리다가 집에 와 누웠을 때 느낀 가장 큰 감정은 슬픔이었다. 그동안 '양보의 미덕'이라며 애들한테 맞춰 온 내가 어리석게 느껴졌다. 지금 제일

미운 건 나 자신이었다.

시내　미란아, 왜 그래잉.

동원　서미란~ 타코야끼 사 줄까?

시내　야, 우리 노래방 갈래?

동원　오빠가 금반지 팔아서 샐러드바 데려갈까?

시내　뭔 일인지 말을 해야 우리가 해결해 주지.

동원　야~ 우리랑 놀자~

내가 답을 안 해도 이런 메시지를 둘이 번갈아 올리는 게 더 슬펐다. '우리'라는 말이 내 가슴을 아프게 한다. '우리' 안에 더 이상 내가 없을 테니까. 소외감이 나를 거대한 철창 안에 가둔 것 같다. 지난 8년간 쌓았던 우리들의 무형의 재산들이 다 사라진 기분이 든다. 우정은 변질되었고, 순도 높던 추억은 둘의 배신으로 인해 빛을 잃어버렸다.

다음 날, 종례를 먼저 마친 시내가 우리 반 앞에 서서 날 기다렸다. 나는 집에 할머니가 오셔서 먼저 가겠다고 했다.

물론 거짓말이었다. 셋이 될 자신이 없었다. 그런데 시내는 어차피 동원이는 내일모레 있을 수학경시대회 준비 때문에 스터디 카페에 갈 테니 자기는 나랑 같이 집에 가겠다고 내 팔짱을 끼었다. 몇 발짝 가다 시내는 핸드폰을 보더니만 나 보고 먼저 가라고 했다. 뭔 일인지 알 것 같았다. 시내의 입가에 환한 미소가 번졌으니까. 배신감에 입에 욕이 고였다. 교문을 나설 즈음 내 등 뒤로 "미란아, 잘 가!"라고 외치는 소리가 들렸지만 뒤돌아보지 않았다. 시내 말고 동원의 목소리도 들리는 것 같았다.

그날 밤 집에서 인터넷 강의를 듣고 있는데 시내에게서 전화가 왔다. 받지 않자 핸드폰 화면에 바로 동원이 이름이 떴다. 또 받지 않았다. 뒤이어 채팅창에 다급한 메시지가 거품처럼 올라왔다.

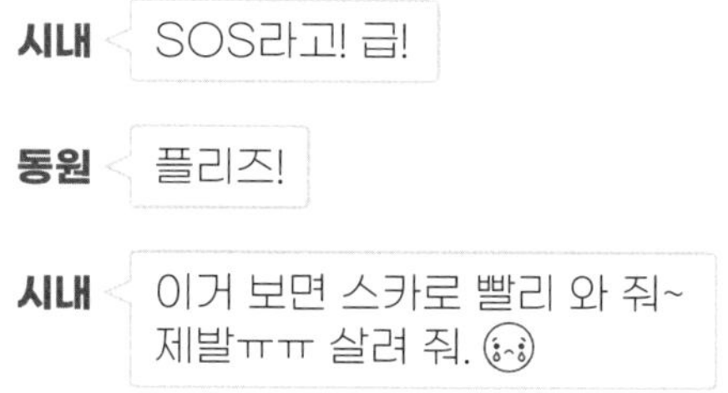

대번에 무슨 상황인지 알 것 같았다. 뭔가 거짓말을 한 게 들통날 위기에 처해서 나한테 자기들의 알리바이를 만들어 달라는 거겠지.

처음에는 '쌤통이다.' 하는 마음으로 모른 척하려 했지만 이내 마음을 고쳐먹었다. 뭔지 너~무 잘 아니까.

마침 엄마가 집에 오기 전이라 나는 교복으로 다시 갈아입고 가방을 들고 튀어 나갔다. 동원이와 여태 스터디 카페에서 공부했던 척하기 위해 자전거를 타고 헉헉거리며 달렸다.

'미친 거 아냐? 넌 뱀도 없냐?'

가면서 나 자신에게 욕을 해 댔지만 스터디 카페에 도착했을 때, 하얗게 질려 있는 동원이와 시내의 얼굴을 보자 익숙한 연대감이 뭉클 피어올랐다. 둘이 손까지 잡고 있는 걸 보자니 다시 복잡한 감정이 치밀었지만 유머로 넘겼다.

"야! 너희들 뭐 하는 짓이야?"

그제서야 손을 잡고 있었단 걸 깨달은 애들은 얼굴이 빨개졌다. 동원이가 엄마한테 나랑 스터디 카페에 있다고 거짓말했는데 동원 엄마 친구가 우연히 카페에 들른 둘을 보고 "분위기가 심상치 않더라."며 전하는 바람에 동원 엄마가 "미란이랑 공부하고 있는 거 맞아?" 하며 직접 데리러 온다고 했단다. 공부에 관심 없는 시내랑 같이 공부하는 건 결코 자연스러운 일이 아닌 데다 동원 엄마는 동원이가 거짓말하거나 연애하는 것을 절대 용납하지 않는 터라, 급하게 나를 불러 낸 거였다. 나는 두 사람을 안심시키기 위해 다시 유머를 섞어 말했다.

"지동원! 넌 나를 팔아 먹었으면 나랑 사귀어야지, 왜 성질 더러운 쟤랑 연애질이냐? 참! 눈도 낮다."

둘은 '어?' 하는 어리둥절한 표정과 '휴!' 하며 안도하는 표정이 섞인 채로 나를 바라봤다. 이참에 제대로 정리해야겠다는 생각에 가방 안에 있던 사진을 쿨하게 건네며 말했다.

"이것들이 커플 사진도 질질 흘리고 다니고 말이야."

"어, 그게……."

아무렇지 않은 건 아니었지만, 아무렇지 않게 넘길 수 있는 힘이 내게 있다는 걸 나는 아까 확인했다. 둘을 곤경에서 구해 주기 위해 자전거 페달을 허겁지겁 밟으면서 깨달

았다. 나를 이렇게 열심히 달리게 하는 힘이 뭔지 알 거 같
았다.

그건 바로 배신감보다 더 큰 우정이었다.

시내가 먼저 가고, 나와 동원이는 좀 더 있다가 동원 엄
마 차를 타고 동네로 왔다. 우리 동 앞에서 나를 기다리던
시내는 나를 보자마자 어색한 표정으로 말했다.

"미란아, 미안해. 언제 어떻게 말해야 할지 몰라서……."

"이 배신자들, 말 안 하면 내가 모를 줄 안 거야?"

그간의 나의 맘고생은 굳이 내색하지 않고 최대한 쿨하
게 말했다. 계속 배신감이 든다고는 했지만, 사실 걔들이
한 건 배신이 아니라 사랑이니까.

"그니까. 너도 알잖아. 사랑은 교통사고 같다잖아. 나도
모르게 한 걸음 한 걸음 가다가 우연히 쾅……! 미안해. 언제
너한테 어떻게 말할지 나도 속 끓였다고……."

나도 안다. 사랑이라는 게 모일 모시에 축포를 쏘며 대대
적으로 공표하면서 시작되는 게 아니라는 걸.

"그래, 서로에게 푹 빠져서 허우적거리느라 말할 틈이

없었겠지."

"고마워."

"고맙긴. 너희도 애썼다. 숨기느라."

연애하는 애들이 내 눈치 보느라 메신저 프로필에 디데이 표시도 못 했을 테니까.

둘이 사랑이라는 연못에 퐁당 빠지고 나 혼자 남았다. 외롭고 허전하긴 하지만 받아들여야 한다. 사랑은 둘이 하는 거라 나까지 빠질 수는 없으니까. 둘이 빠진 사랑 앞에서 그들을 원망하거나 나를 낮출 필요는 전혀 없다.

엊그제는 가족끼리 저녁을 먹고 들어오는 길에 아란이와 머리 핀을 사러 팬시점에 갔다가 키링 한 쌍을 골랐다. 아란이가 "오~ 누구 거야?" 하며 놀렸지만 꿋꿋하게 결제했다. 어제 둘의 가방에 내가 손수 하나씩 달아 주며 씨익 웃었다. 둘의 해맑은 웃음에 내 웃음도 편하게 보탤 수 있어서 좋았다.

'3-2=1.'이라는 공식은 틀리다. 이제 '2+1=3.'에 집중해야지.

둘이 사귀게 되었다고 우리가 친구가 아닐 리는 없으니까. 그간의 나의 허전함, 소외감, 배신감, 이런 것들은 사람이라면 누구나 가질 수 있는 흔한 인간적인 감정으로 인정하기로 한다.

내가 걔들을 부러워했던 감정도 인정해 줘야 한다. 퐁당 인 러브는 우리들의 로망이니까. 그렇다고 그간의 우리 우정이 다 사라지거나 변질될 리는 없다. 새로운 관계 속에서 우리는 답을 찾아갈 거다. 사랑도 우정도 이렇게 흔들리면서 조금씩 흔적을 남기고 그렇게 단단해질 것이다.

우리는 조금씩 조금씩 자라나는 중이니까.

엄마에게
잔소리하기
공부가 전부는 아니잖아?

눈알이 빠질 것 같다. 알고리즘이 이끄는 대로 동영상을
보다 보니, 어느새 새벽 두 시를 훌쩍 넘겼다.

엄마가 오늘 재활용품 내놓는 날이라고 내 방에 버릴 거
있나 보라고 했는데, 내일모레 있을 학원 학력 진단 평가
준비해야 한다며 큰소리치고 방에 들어와서는 정작 예상
문제는 반 바닥도 안 풀었다. 그러고는 내내 너튜브에 넋
이 빠져 있었으니…… 내가 미쳤지!

후회막심해져 머리통을 한 대 쥐어박아 보지만 이미 벌
어진 일. 얼른 자야지 하고 헤드폰을 벗고 누웠다.

그때 어디선가 거슬리는 소리가 들려왔다. 길고양이 울음소리도 아니고, 그렇다고 무슨 기계음도 아닌 것이 계속 신경을 건드렸다.

‘뭐지?’

엄마가 거실 TV를 켜 놓고 잠들었을지도 모른다는 생각에 조용히 방문을 열어 봤다. 텅 빈 거실은 완벽하게 어둠 속에 묻혀 있었다. 거실로 나가 보니 그 소리의 근원지가 분명해졌다. 안방이었다.

발끝으로 살금살금 다가가 안방 문에 귀만 댔는데 방문이 살짝 열렸다. 침대 위의 검은 실루엣이 미세하게 흔들리며 소리를 내고 있었다. 창밖의 가로등 불빛이 어슴푸레 방 안을 비췄다. 엄마가 머리끝까지 이불을 뒤집어쓰고 소리 죽여 울고 있었다.

“어어엉, 어어엉.”

어떻게 해야 할지 몰라서 바로 내 방으로 돌아왔다.

머릿속이 ‘찌릿’ 하고 감전된 기분이다.

‘우씨! 엄마가 울다니…….’

생각해 보면, 물론 엄마도 얼마든지 울 수 있다. 사람은 누구나 우니까. 드라마를 볼 때 슬픈 장면에서 엄마가 훌쩍이는 걸 여러 번 본 적 있다. 그건 그냥 흔한 일상 중 하나일 뿐이다. 필통 속에 든 여러 가지 색깔의 형광펜 중 하나를 꺼내 드는 것과 같다고나 할까? 깔깔대는 게 핑크색, 화내는 건 노란색, 우는 건 파란색, 뭐 이렇게 색깔만 다른 동급의 감정들이니까.

하지만 이건 다르다. 깊은 밤에 까만 덩어리 같은 실루엣에 가려진 엄마의 울음은 완전 충격이었다. 게다가 어깨를 들썩이며 안으로 삼키면서 흐느끼다니……. 어른이 그렇게 우는 건 흔한 일이 아니라서 약간 공포스럽기까지 했다.

침대에 누웠지만 잠은 안 오고 머릿속에 이런저런 생각들이 들끓기 시작했다. 주로 어둡고 음습한 지하로 흐르는 안 좋은 상상들이었다.

'혹시 엄마가 죽을병이라도 걸렸나? 사기를 당해서 이제 길에 나앉게 되는 건가? 돌아가신 아빠가 그립나? 아니면 성적이 시원찮은 나를 키우는 게 너무 힘든가? 그냥 신세 한탄한 건가? 불황이라 엄마 가게가 문을 닫게 된 걸까?

혹시 갱년기 우울증인가?’

꼬리에 꼬리를 문 생각들이 너저분하게 늘어나 머릿속은 엉클어진 책상 서랍 속 같아졌다. 그러니 잠이 올 리 없었다.

아침에 욕실에서 거울을 보니 눈이 빨갛다. 뭐, 거의 뜬 눈으로 꼴딱 새웠으니까. 나는 엄마가 걱정돼 딴 날과 달리 자발적으로 아침 준비를 했다. 그래 봐야 그릇에 시리얼이랑 바나나랑 블루베리를 덜어 놓고 우유를 붓는 정도지만. 엄마는 가스렌지 앞에서 오믈렛을 만들었다. 나는 아침에는 입도 거의 안 열고 짜증을 잘 내는 편이지만 오늘은 아주 다정하게 엄마 등에 대고 물었다.

“엄마. 뭔 일 있어?”

“없어.”

“근데 어제 왜 울었어?”

“신경 꺼.”

“아니…….”

“빨리 먹고 가기나 해.”

“그래도 뭔 일…….”

엄마는 갑자기 고개를 홱 돌리더니 대놓고 말을 확 잘랐다. 그것도 아주 신경질적으로.

"글쎄, 넌 네 할 일이나 제대로 하라고!"

'걱정이 되어서 묻는 건데 왜 저래?'

속이 뒤틀려 나도 모르게 툴툴대며 대꾸했다.

"할 일? 뭐?"

"그게 뭐겠니?"

하! 그게 뭔지 너무나 잘 안다. 그래서 짜증이 솟구친다. 항상 내 입을 틀어막는 그거. 그게 엄마에게는 무기다. 무기라서 엄마가 일부러 사용하는 건지 아니면 그 무기가 나한테만 통하는 건지 모르겠지만 어쨌거나.

"꼭 그렇게 말해야 해?"

"송지아, 네가 할 수 있는 게 뭐가 있는데?"

"없으면 말도 못 해? 그래서? 나는 공부만 잘하면 되는 거야?"

"얘가 왜 아침부터 시비야?"

"걱정돼서 묻는 건데 엄마야말로 왜 그래?"

"됐고! 넌 공부나 해. 다 먹었으면 빨리 가. 나도 출근해야 해.”

열받아서 우당탕거리며 그릇을 들고 일어서다 식탁 위에 있는 시리얼 박스를 엎었다. 치워야 하는 걸 알지만, 치우고 싶지 않았다. 방금 전 엄마가 나로 하여금 치우지 않아도 될 명분을 만들어 주었으니까. “됐고! 넌 공부나 해.”라고 분명 그랬으니까.

가방을 메고 쿵쾅거리며 현관 쪽으로 가는데 엄마가 소리쳤다.

“야! 이거 안 치워?”

“나 공부하러 가야 해.”

“으이그, 지가 싼 똥도 안 치우면서 누굴 걱정한다구.”

“그게 똥이야? 시리얼이지?”

“넌 비유도 모르니? 그러니 국어 점수가 그렇지.”

“아유, 진짜! 정말! 엔간히 해, 좀! 그놈의 공부 공부 공부.”

문을 쾅 닫고 나와 후줄근해진 몸에 동량의 후줄근해진 마음을 얹고 등굣길에 올랐다. 횡단보도 두 번만 건너면 도착하는 학교건만, 가파른 산 정상에 오르는 것처럼 완전 힘이 든다. 다리에 힘도 없고 존재감도 안 느껴져 이대로 기체가 되어 사라져 버릴 것만 같다.

내 옆으로 경쾌한 발걸음의 아이들이 섬유유연제 내음을 팡팡 풍기면서 지나간다. 덕분에 더더욱 주눅이 든다. 정말이지 유독 그들과 비교되는 아침이다. 길에 맨홀이라도 있으면 조용히 빠져 사라지고 싶을 정도다.

엄마는 오늘도 기승전공부를 외쳤다. 그러니까 요점은 이렇다. '네가 현실에서 할 수 있는 건 없다. 네가 해야 하는 건 딱 하나, 모든 것에 다 신경 끄고 오로지 공부만 잘하는 것.'

만약에 내 성적이 엄마가 밖에 나가서 자랑할 정도였다면 엄마는 니를 다르게 대했을지도 모른다. 어쩌면 어제 왜 울었는지 조곤조곤 말해 줬을지도. 아니, 어색해서 다 말하지 못하더라고 적어도 오늘처럼 "넌 공부나 해." 모드는 아니었을 거다.

그렇다면 엄마에게 나는 뭘까? 그저 잘 먹이고 입혀서 공부나 시켜야 하는, 그냥 엄마가 해내야 하는 무거운 짐 같은 숙제일까? 대체 나는 왜 태어난 걸까?

어쩌면 나는 전생에 지은 죄를 공부로 갚기 위해, 공부하는 노예로 태어난 걸지도 모른다. 그럼 엄마도 자신이 지은 죄를 자식 공부시키는 걸로 갚는 건가?

학교에 오니 졸려 미치겠다. 오전 내내 머리 끝에 쇳덩어리 추라도 달린 듯이 내리박기만 했다. 그러다 점심시간에 간신히 어제 못 푼 예상 문제를 풀려고 몸을 곧추세우고 앉았다. 눈꺼풀에 온 힘을 팍 주고 있는데 현정이가 내 책상 위에 체육복 바지를 패대기치며 야단스럽게 말했다.

"송지아, 이거 좀 꿰매 주라. 응?"

"안 돼! 나는 공부해야 해. 쑥이랑 마늘만 먹고 사람이 된 곰처럼 나도 공부를 잘해야 그나마 사람 구실할 수 있다고!"

"웬 자학? 야! 넌 이미 사람이야. 그러지 말고 재능 기부 좀 해. 이거 사방으로 터진 거라 나는 못 꿰맨다구."

내 입으로 말하긴 그렇지만, 나는 반에서 손재주 있기로 이름이 나 있다. 교실 환경 미화는 항상 나의 진두지휘 아래 이뤄진다. 올해는 숲을 주제로 교실을 꾸몄는데 다른 학년 애들이 우리 반에 구경 올 정도였다. 그러니 그깟 바느질쯤이야 일도 아니지만 기분이 엉망이라 전혀 내키지 않았다.

"싫어. 아침부터 엄마한테 사람대접도 못 받아 완전 짜증 나."

"야야! 지금 너희 엄마 기분은 네가 이해해 줘야지."

"뭔 소리야?"

"뭐냐? 넌 집에서 엄마랑 대화 안 해?"

현정이 엄마랑 우리 엄마가 절친인 까닭에 어제 엄마가 운 이유를 들을 수 있었다. 어떤 회사에서 햄에그 샌드위치를 단체 주문해 놓고 '노쇼'를 했단다. 그것도 무려 백 개나 주문했는데 당일에 일방적으로 취소했다고.

그런데 그게 끝이 아니었다. 팔지 못하게 된 샌드위치를 근처 아파트 단지 노인정에 기부할 수 있게 되어서 그나마 위안을 삼았는데, 문제는 샌드위치를 드신 어르신 한 분이 오후에 탈이 나 버린 거다. 아파트 부녀회장이 버리게 된 걸 준 게 아니냐고 가게까지 쫓아와서 엄마에게 따지는 바람에 그게 아니란 걸 해명하느라고 엄마가 진땀을

뺐다고 한다.

"샌드위치를 급하게 백 개나 만드느라 알바까지 써서 너네 엄마 손해가 이만저만이 아닌데, 부녀회장이 재료 구입 영수증 날짜까지 보자면서 반말로 난리를 쳤대."

현정이의 이야기를 다 듣고 나니 눈물이 맺혔다. 현정이가 눈을 동그랗게 뜨며 물었다.

"너 진짜 몰랐어? 어제 샌드위치 안 먹은 거야? 우리 가족은 어제저녁부터 오늘 아침까지 그 샌드위치 먹었는데?"

나는 속으로 뜨끔했다. 솔직히 엄마가 샌드위치 가게를 하게 된 뒤로는 샌드위치라면 치를 떨었다. 가게 준비할 때부터 엄마표 샌드위치를 너무 많이 먹어서 물렸기 때문이다. 그래서 집에서는 절대 샌드위치를 안 먹겠다고 선언했었다. 아니, "샌드위치 생각만 해도 토 나와!" 이런 극단적인 표현도 했었다.

사실 어제저녁에 엄마가 옷도 안 갈아입고 허겁지겁 차려 준 낙지알밥을 먹으면서도 엄청 투덜댔다. "낙지알밥엔 날치알이 톡톡 터져야 하는데 날치알이 왜 이렇게 없어?"

라고. 그 생각을 하니 얼굴이 화끈거렸다.

"뭐냐고! 송지아 너 왜 갑자기 꿀 먹은 벙어리야?"

현정이가 다그치는데도 나는 답 대신 고개를 숙이고 다소곳이 앉아 현정이의 체육복 바지를 꿰매기 시작했다. 그거라도 해야 더 이상 캐묻지 않을 것 같았다.

현정이에게 노쇼 이야기를 듣고 너무 마음이 아팠다. 힘들었을 엄마 때문에. 하지만 그에 못지않게 화도 났다. 그건 엄마를 아프게 한 사람들에게 난 화가 아니라, 엄마에게 난 화였다. 만약 엄마가 지금 내 앞에 있다면 나는 고래고래 소리 질렀을 거다.

나는 바느질을 하면서 마음속으로 엄마에게 따박따박 대들었다.

'대체 엄마는 왜 나한테 그런 얘기를 안 해? 엄마가 힘든 이야기를 왜 내가 다른 사람한테 들어야 하냐고! 하나밖에 없는 딸한테 왜 말을 안 해? 힘든 엄마에게 눈치 없이 낙지알밥을 해 달라고 하고, 먹으면서도 투덜대는 그런 나쁜 딸로 나를 만들어야 해? 내가 공부 못해서 그래? 아, 진짜 정말 짜증 난다구!'

속으로 한참 퍼붓고 나니 뒤이어 슬픔이 몰려왔다.

어젯밤 울고 있던 엄마의 모습이 떠올라 아프고 슬프고, 또 아파서 아픈 만큼 화가 나고 또 화가 나서 엄마가 밉고, 한편으론 이게 대체 누구 잘못인지 몰라서 억울하고, 노쇼한 사람들이 미워서 죽겠고, 반말로 난리쳤다는 부녀회장도 밉고, 그런데도 제대로 따지지 못했을 엄마를 생각하니 다시 또 화가 나고, 급기야 일찍 돌아가신 아빠까지 미워졌다.

이렇게 저렇게 마음이 엉키니 이내 눈에 잔뜩 고인 눈물이 앞을 가려 바늘로 손을 찔렀다.

"아야!"

손가락 끝에서 선홍빛 피가 말갛게 올라오는 걸 보니 마구 서러워졌다. 내친 김에 철없는 애처럼 큰소리로 울었다.

"아아앙!"

"야! 손 좀 찔린 게 그렇게 통곡할 일이냐!"

현정이가 옆에서 핀잔을 줬지만 개의치 않고 그냥 내처 울었다. 교실엔 이어폰이나 헤드폰을 끼고 있는 애들이 대부분이라 소리 내어 울어도 주목받지 않는다. 때론 무관심이 아주 요긴하다.

그나저나 눈물은 슬픔을 희석시키는 걸까? 눈이 퉁퉁 부어 불편하긴 했지만 제대로 울고 나니 마음속은 한결 시원해졌다. 흐물거리는 슬픔이 씻겨 내려간 자리에 단단하고 견고한 이성이 레고블럭처럼 차곡차곡 단정하게 들어서기 시작했다.

'대체 엄마한테 나는 뭘까? 나에게 엄마는?'

오후 수업 내내 곰곰이 생각했다. 거의 오백 년 만에 모처럼 집중해서 엄마에 대해 생각해 보는 것 같다. 아니, 모처럼이 아니라 이런 진지한 접근은 태어나서 처음 아닐까? 그만큼 낯선 주제디.

사실 그동안 엄마는 나의 관심 대상이 아니었다. 나뿐만 아니라 대부분의 아이들이 다 그렇지 않나? 솔직히 엄마는 내가 투덜댈 때만 잠시 등장하는 소재였다. 엄마는 맨날 마시는 공기 같은 존재니까. 없으면 죽지만 늘 있어서 별로 의식 안 되는 존재. 누가 평상시에 공기에 대해 진지하게 생각을 하겠냐는 말이다.

모든 게 다 당연한 거 같았다. 엄마는 나를 위해 뭐든 해주고, 해 줘야 마땅하고, 묵묵히 나를 돌봐 주고, 내가 건강한 성인이 될 때까지 물심양면 도와주는 사람이니까. 누구보다 고맙지만 잔소리를 많이 해서 짜증 나게 하는 사람도 엄마다. 오죽하면 '엄마 없인 못 살지만, 엄마랑은 못 산다.'란 말이 있겠는가. 아무튼 이 이상은 더 생각해 본 적이 별로 없었다.

언젠가 학교에서 쉬는 시간에 애들과 MBTI를 주제로 이야기꽃을 피운 적 있었다. 서로의 유형을 확인하고 나아가 아는 남자애들, 선생님들 그리고 관심 아이돌의 MBTI를 맞히기까지 했다. 그런데 갑자기 어떤 애가 자기 엄마 MBTI 유형을 알아내겠다며 엄청 진지하게 고민했다. 나는 그 애가 신기하고 의아했었다.

'엄마를? 왜? 굳이 그렇게까지?'

그런데 지금 생각해 보면 신기해했던 내 자신이 신기하다. 나는 그동안 엄마에 대해 대충 알고 있었다는 생각이 들었다. 새삼 '왜 그랬지?' 싶다. 그냥 늘 당연하게 생각해서 그런 걸지도. 당연한 건 없는 건데.

집 가는 길에 현정이에게 물었다. 앞뒤 설명 없이 바로.

"김현정. 너네 엄마한테 넌 뭐야?"

"뭐긴 뭐야? 딸이지."

"너…… 그거밖에 답을 못 해? 좀 성의 있게 말해 봐."

"음…… 돈 잡아먹는 귀신?"

"야!"

"진짜야! 어제도 학원비 달라니까 우리 엄마 첫마디가 그거였다구. '으휴! 저 돈 잡아먹는 귀신.' 그런…… 넌?"

"하긴…… 같은 맥락에서 말하자면, 엄마에게 나는 '속성으로 키우고 싶은 무엇'?"

"속성?"

"빨리빨리 커서 사람 구실해라. 그런 거지 뭐……."

"아! 나 완전 이해된다. 맞아. 우리 엄마도 나 중3 되니까 '아고! 1년만 지나면 고딩 되니 후딱 커서 대학만 들어가면…….' 이러면서 마치 나한테 촉진제라도 뿌리고 싶어하는 표정이었다니까?"

"비슷하네. 그렇다면 우리는 엄마들에게 짐인 거야?"

"빨리 해치워야 할 아주 부담스러운 숙제 같은 걸지도."

“하긴 그렇게 따지면 엄마 입에 붙은 ‘공부해라,’도 이해
는 간다. 엄마도 기왕 하는 숙제 잘하고 싶을 거 아냐? 자
식 좋은 대학 보내는 게 엄마들 입장에선 성공일 테니까.”

“그렇지. 그게 남 보기도 좋을 테고. 사람 구실을 잘 해내
려면 좋은 대학 가야 한다고 우리 엄마도 노래를 부르거든.
‘그래야 나도 발 뻗고 자지.’ 이러면서…….”

“대체 엄마들은 우리를 왜 낳은 걸까?”

“그러게.”

“엄마들도 하기 싫은데 어쩔 수 없이 하는 거겠지. 세상
에 어떤 숙제가 즐겁겠어? 그렇다면 우리가 협조적이어야
되겠지? 걱정도 안 끼치고 공부도 잘하고. 그렇게 따지면
나는 엄마의 망친 숙제인 걸까?”

“야! 비약이 너무 심한데?”

“그러게. 너무 나간 거 같지?”

말하다 보니 슬픈 현실을 목도하는 것 같아서 우린 멈
칫했다.

“송지아, 너 왜 갑자기 이런 얘기를 하는 거야?”

“사실…… 어젯밤에 엄마가 우는 걸 봤어. 그것도 이불

속에서 애처럼 엉엉 울고 있었어. 그때는 ‘뭐지?’ 했는데 너한테 노쇼 사건 얘기를 듣고 알았지. 근데 생각할수록 화가 나 미치겠어.”

“당연해. 엄마 일이니까 분하지.”

“물론 그것도 그렇지만 내가 더 화나는 대목은 그게 아니야. 아니, 대체 엄마는 왜 나한테 입도 뻥끗 안 한 걸까? 심지어 남은 샌드위치 한 개도 집에 안 가져왔어. 내가 아무리 싫다고 했어도 그렇지.”

“그거야 네가 걱정할까 봐 그런 거지. 사랑하니까.”

“그랬겠지. 근데 곰곰이 생각해 보니까. 그거…… 사랑이 아닌 거 같애. 걱정시키지 않겠다는 건 결국 내가 ‘닥치고 공부’하는 데 방해될까 봐인 거지. 엄마와 나 사이에는 공부밖에 없는 거야? 보호자로서의 의무만 다 하면 된다고? 그건 사랑이 아니라 사육 아니야?”

“엥? 사육? 표현이 과격한데?”

“나는 엄마가 영원히 보호할 수 있는 반려 식물도 아니잖아? 그런데 엄마는 나에게 오로지 공부하기에 좋은 햇빛과 물, 바람, 딱 그것만 제공하면 된다고 생각하나 봐. 저

번 여름휴가 때도 제주도 이모네 같이 가자고 해 놓고, 학원 보충 수업이랑 일정 겹치니까 휴가 계획을 싹 없애 버렸어. 1학기 때 우리 아파트 라인에 이사 온 강서준을 내가 좋아한다는 걸 알고는 엄마가 먼저 강서준 여친 유무랑 학교 성적까지 알아내서는 모처럼 내 안에서 자라던 설레는 감정의 새싹을 싸그리 도려내더라구. 쓸데없는 데 시간 쓰지 말라면서. 그거 사랑 아니잖아.”

“앗! 그런 일이 있었구나? 네가 중간고사 앞두고 순식간에 맘 정리하길래 냉혈한이라고 속으로 욕했구만…….”

“나는 네가 엄마랑 거실 바닥에 엎드려서 인터넷 쇼핑몰 뒤지면서 같이 옷 골랐다고 했을 때, 진짜 부럽더라.”

“그럼 뭐 해. 정작 사 주지도 않는데? 옷은 너네 엄마가 더 많이 사 주잖아. 그것도 애들이 부러워하는 브랜드로만.”

“내 옷 중에 내가 고른 거 하나도 없거든? 인터넷 들어가 뒤적거리는 시간 아깝다고 엄마가 다 산다니까! 나는 네가 엄마랑 수다 떨다 한숨도 못 잤다고 투덜댔을 때도 부러웠고, 엄마 흰머리 뽑아 주고 오천 원 벌었다는 거, 강아지 산

책시키느라 인강도 놓치고, 또 강아지 목욕은 시켰는데 정작 네 머리는 못 감았다고 학교 와서 떡진 머리를 빗어 대는 것도 다 부러웠다고. 알아?"

"내 참! 별게 다 부럽다네. 너 취향이 독특한 거야?"

"그게 아니라 나는 엄마 새치 뽑아 주려고 머릿속을 들여다본 적 없어. 수다? 그런 거 상상도 못 해. 두 마디 이상 왔다 갔다 하면 바로 공부 이야기로 초점이 돌아가거든. 그리고 필요한 얘기는 메시지로 요점 정리해서 보내 줘. 바쁘니까. 그러니 강아지를 키우게 해 주겠어? 공부하기도 바쁜데 부산스럽게 뭔 강아지냐고 입도 못 떼게 해. 나도 엄마랑 소파에 뒹굴거리면서 TV 보며 같이 까르르 웃어 보고 싶다구. 어릴 적엔 더러 그랬던 서 같은데……."

현정이는 고개를 끄덕이며 말했다.

"그래. 그럴 수도 있겠다. 사실 나도 엄마가 새치 뽑아 달라고 하면 투덜대긴 해도 엄마 정수리에 얼굴을 들이대면 모락모락 올라오는 샴푸 냄새랑 내 무릎 위의 누운 엄마 얼굴을 만지는 기분이 괜찮더라구. 내가 비록 용돈 벌려고 하는 일이지만 뭐랄까, 내가 엄마 새치를 뽑으면서 딸로서 유능감을 느낀달까? 내 존재의 가치를 확인한다고 하면 너무 오버일까?”

“그러니까. 그렇게 서로 주고받아야 하는 거 아니야? 왜 우리 엄마는 나의 보호자이기만 해? 나는 너의 그 시시하고 흔한 일상들이 다 보석처럼 보여. 훔치고 싶을 정도라구. 나는 그런 기회를 다 박탈당했거든? 그러면서 무조건 경주마처럼 뛰기만 하라니. 말이 돼? 그러니 사육이랄 수밖에. 이 다음에 나이 들어서 지금을 회상하면 엄마 눈치 보면서 냅다 달린 기억밖에 없을 거 같애.”

“하긴…… 아무리 네가 샌드위치가 싫다고 했어도 이런 일이 생겼을 땐 ‘너도 먹어!’라고 했어야 한다고 봐. 가족끼리 고통을 나눠야지.”

“그니까. 엄마 힘든 일을 왜 딸이 몰라야 해? 가족이라고 엄마랑 나 달랑 둘인데? 가족끼리 서로의 부족한 부분을 채워 줘야 하는 거 아냐? 왜 나한테 그런 기회조차 안 줘?”

내가 씩씩대자 현정이는 손으로 ‘워워’ 하는 포즈를 취하며 말했다.

“그래도 송지아. 방식이 다른 거지, 엄마가 그러는 거 궁

극적으로는 사랑인 건 맞잖아. 사실 나도 네가 겁나 부러웠다구. 뭐든 다 해 주고, 다 사 주고, 너 편하게 해 주려고 심부름도 안 시키고, 좋은 것만 먹이고 입히고. 그런 엄마가 어디 있냐? 물론 오늘 네 얘길 들으니 네 심정이 이해가 안 가는 건 아니지만 말이야.”

“맞아. 사랑인 건 나도 알아. 하지만 계속 보살핌만 받을 수는 없어. 자존심 상한다구. 나도 네가 말한 딸로서의 유능감, 존재의 가치? 그거 느껴 볼 거야. 이제 방법을 찾아 행동해야지.”

“어떻게?”

“내 존재를 보여 줘야지.”

“어떻게? 혹시 가출?”

“유치하긴. 이제부터 나도 할 거야.”

“뭘?”

“나도 엄마한테 잔소리를 할 거라고.”

“잔소리? 엄마들의 전유물인 그걸 네가 엄마한테?”

“그동안은 나한테 발언권이 없었잖아? 이제 되찾겠다는 거야. 일방적으로 자기 말만 하는 건 상대의 동등권과

존엄성을 빼앗는 행위거든."

"그래서?"

"이제는 엄마랑 동등하게 주고받고를 하겠다고."

"뭐라는 거야?"

"좋아. 내가 보여 줄게."

나는 현정이 손을 잡고 엄마의 샌드위치 가게로 가는 마을버스를 탔다.

가게에 들어서자마자 엄마는 느닷없는 우리의 입장에 황당해했다.

"무슨 일이야?"

"무슨 일은? 딸이 엄마 가게에 오는데 무슨 일이 있어야 해?"

엄마는 벽에 붙은 시계를 힐끗 보더니 성마른 표정이 되어 평소처럼 재촉했다.

"너 지금 인강 들어야 하잖아?"

난 엄마 말을 끊고 다짜고짜 폭풍 잔소리를 쏟아붓기 시작했다.

“엄마! 들어오다 보니까 가게 앞에 세워 놓은 입간판 색깔이 너무 눈에 안 띄더라구. 형광색 계열로 바꾸면 어때? 글씨체도 촌스럽고 글씨 크기도 너무 작아. 진작 나한테 의논했어야지. 요즘 감성은 엄마보다 내가 더 잘 알잖아? 안 그래? 그리고 싱크대 저기 접착 시트도 같은 색으로 통일해야 하고 그리고 또……. 아니 왜 나한테 의논을 안 해? 딸 뒀다 뭐 할라고? 내가 기획한 환경 미화 보러 전교생이 우리 반에 왔다는 거 엄마 알잖아?”

“아니, 얘가! 됐어. 넌 네 일이나 잘해. 내 일은 내가 알아서 할게.”

“엄마 가게 일이 왜 엄마 일이기만 해? 가게에서 번 돈으로 나랑 같이 밥 먹고 내가 공부하잖아. 엄마랑 나랑 한배를 탔는데 왜 엄마 혼자서 노를 젓겠다고 해? 둘이 저어야 균형도 잡히고 더 잘 나가는 거 아냐?”

“그만해. 넌 학생이니까 공부 잘하는 게 노 젓는 거야.”

“배가 뒤집혀도 난 공부만 하면 돼? 공부하다가도 배에 물이 들어오면 같이 퍼내는 게 가족 아냐?”

“무슨 물이 들어와?”

“비유야, 비유. 엄마 비유 몰라?”

엄마는 기막혀하며 눈을 희번덕거렸지만 난 개의치 않았다. 엄마는 옆에 현정이가 있어서 할 말을 꾹 참는 것 같았지만, 이왕 시작한 거 나는 계속 떠들어 댔다. 어차피 내가 정한 잔소리 타임이니까.

“그리고 말이야. 회사에서 날씨 때문에 체육대회 못 한다고 당일에 노쇼 했다면서? 그게 말이 돼? 그쪽도 책임을 지게 해야지.”

“천재지변 때문이라서 어쩔 수가 없다고…….”

“아니지. 체육대회는 실내에서도 할 수 있는 건데 그게 변수가 될 수 없지. 그리고 우리 가게에서 잘못한 것도 아닌데 예약금 받은 걸 왜 뱉어 내? 인터넷 찾아보니까 이제 위약금 기준이 바뀌어서 우리같이 대량 주문을 받은 경우에는 최대 40프로까지 보상받을 수 있대.”

“정말? 어디 그런 게 나왔어?”

엄마는 내 말에 안경을 찾아 쓰고 내 옆으로 와 내 휴대폰을 들여다보았다.

“어디에 나와 있는지 엄마 좀 알려 줘 봐.”

"자! 여기 봐."

폰을 들여다보면서 내 팔에 기대는 엄마. 난 현정이가 말한 유능감, 존재의 가치 뭐 그 비슷한 감정이 들었다.

그동안은 엄마한테 끌려다녔다고 엄마 탓만 했는데 어쩌면 나한테도 책임이 있을지도 모른다. 내가 좀 더 일찍 힘을 냈다면 엄마와 이것저것 더 많이 해 볼 수 있었을 텐데.

나는 슬그머니 엄마의 어깨에 손을 얹고 머리를 기댔다. 포실포실한 살에서 나는 엄마 냄새가 내 마음에 가득 차오른다. 불끈 힘이 솟는 기분도 더불어 든다.

내 점수는
별 다섯 개

헷갈리지 않을래

나는 성격이 급한 편은 아닌데 항상 운동화를 대충 구겨 신고 나와서 밖에서 제대로 다시 신는다. 어쩌면 우리 집 현관이 어둑해서 환한 데서 제대로 신으려나 버릇이 된 걸지도 모르겠다.

오늘도 1층 현관 난간을 잡고 바닥에 운동화 앞코를 콕콕 찧는데 저 멀리 새 아파트가 눈에 들어온다. 늘씬하게 쭉 뻗은 새 아파트를 보면 김이 팍! 샌다.

'아씨!'

저 아파트가 들어서기 전에는 우리 아파트가 전혀 후져

보이지 않았는데, 왜 하필 우리 동네 바로 옆에 신도시가 들어선 건지 짜증이 난다.

집 근처의 오밀조밀한 4층짜리 낡은 연립 주택들에 비해 우리 아파트는 고층이라 항상 비교우위에 있었는데, 신도시의 새 아파트 때문에 한순간에 이미지가 추락했으니 기분이 좋을 리 없다. 가만히 있다가 의문의 1패를 당한 셈이라 약이 오르기도 한다.

그래도 학교에 가까워지자 기분이 조금씩 좋아진다. 이번 학년은 완전 운이 좋다. 신학기 때마다 늘 반 아이들을 파악하기 위한 탐색전으로 피곤하기 짝이 없는데, 이번에는 거저먹기로 친구가 생겼으니 이보다 더 큰 수확이 없다.

주희, 이현, 보나 그리고 나, 우리 네 명은 지난달에 '운명의 그룹'이 되었다. 운명이란 표현을 쓰는 이유가 있다. 체육 시간이 끝난 뒤 넷이서 강당 뒤 비품실에 피클 볼을 갖다 놓으러 갔다가 문이 고장이 나 비품실에 갇히는 바람에 친해지게 되었으니까.

경비 아저씨가 문을 열어 주기까지 한 20여 분 동안 우리는 "살려 주세요." 하고 악다구니를 쓰다가 요즘 유행하는 노래를 목청 높여 부르기도 했다. 비품실 환기구 틈 사이로 배드민턴 공을 던지거나 바닥에 줄넘기를 늘어뜨리기도 했고, 서로 앞다퉈 재미있는 아이디어를 내놓으며 깔깔대기도 했다. 비품실이 완벽하게 후미진 곳이 아니니 곧 누군가에게 발견될 거라는 확신이 있었기에 우리의 다양한 구조 요청은 거의 놀이에 가까웠다.

그런 색다른 경험이 우리를 하나로 엮어 줬고, 그날 이후 우리는 공공연한 절친이 되었다. 넷이서 교실 안팎으로 주구장창 붙어 다니면서 자지러지게 웃고 떠들다 보면 하루가 짧았다. 주말이 되는 게 너무 아쉬울 정도였으니까.

월요일 아침, 오늘도 역시 기다린 보람이 있었다. 수업 시작 전에 보나가 우리 셋을 불러 대더니 "오늘 우리를 변신시켜 줄 매직 아이템!"이라고 속삭이며 자기 가방 속을 살짝 열어 보여 줬다. 한눈에 보기에도 화려한 박스를 보고 우리는 일제히 "꺅!" 하고 소리를 질렀다. 반 애들이 째려보거나 말거나 우리는 환호하며 난리를 떨었다. 어쩌면 애들이 째려봐서 더 즐거웠는지도 모르겠다. 그럴수록 우리의 존재감이 더 도드라지니까.

점심시간에 우리는 강당 바닥에 모여 앉아 변신 놀이를 시작했다. 보나가 가져온 박스 안에는 메이크업 도구와 각종 악세서리, 요즘 유행하는 패션 시계들이 가득 차 있었다. 패션 잡지 에디터인 보나 큰언니가 촬영용 소품을 집에 갖다 놓은 걸 보나가 몰래 들고 온 듯했다.

우리는 한 명씩 몰아서 화장을 해 주면서 깔깔대기 시작했다. 악세서리도 이것저것 해 보고, 패션 시계도 하나씩 나눠 찼다. 보나 말로는 언니가 출장을 갔으니 이번 주까지는 써도 된다길래 우리는 가위바위보로 하나씩 골랐다. 오늘 가장 인기 있는 아이템은 내 차지가 되었다. 일명 '만점 야옹이'. 엉덩이에 별이 다섯 개나 붙어 있다고 애들이 그렇게 불렀는데 시곗바늘 끝에 매달려 있는 요염한 고양이가 찔끔찔끔 움직이는 걸 바라보고 있으면 정말 기분이 판타스틱해진다. 뭐랄까? 다른 세계로 건너가 기분이 환해진 상태랄까? 그래서 난 고양이 이름을 '화니'라고 붙였다.

변신한 채로 듣는 오후의 수업은 평상시와 달리 전혀 지겹지 않았다. 반짝이 마스카라를 한 채 눈을 깜빡이는 보나, 빨간 립스틱을 덧칠하고 섹시한 여배우 표정을 짓고 있는 주희 그리고 이현이는 눈두덩 위에 그늘 같은 섀도우를 바른 채였다.

우리는 선생님이 앞을 보면 각자 화장한 부위를 손으로 가리고 있다가 선생님이 등을 돌리면 일제히 서로 마주 보며 갖가지 표정과 포즈를 짓고 손가락 총을 쏘며 놀았다. 정말 더할 나위 없이 짜릿한 즐거움이 목 끝까지 차올랐다. 이렇게 그룹을 지어 신나게 놀아 보는 건 학교생활 하면서 처음이라 더더욱 행복한 시간이었다.

"이세은, 쟤 원래 얌전한 애 아니었어?"

초등학교 때 같은 반이었던 애가 나를 보고 "쟤 왜 저러냐."며 수군대는 걸 들었다. 나도 내가 내성적인 줄 알았는데 이렇게 놀아 보니 그것도 아닌 것 같았다. 예전과 다른 요즘 내 모습에 어떤 게 진짜 나인지 나조차도 헷갈렸다.

그러다 결론을 내렸다. '원래는 없다.'고. 우리는 모두 자라는 중이니까. 쉽게 허리가 꺾일 것 같은 여린 모종이 이내 의젓한 묘목으로 자라나듯이 말이다. 그래서 변하고 있는 나를 정말 즐겁게 바라봤다. '이제는 얌전히 있지 않고 나댈 거야.' 이런 마인드로.

수업이 끝나고 다 같이 교문을 나서는데 느닷없이 이현이가 "학원 빠질 사람!" 하고 소리쳤다. 그리고 교문 앞에 서 있는 까만 차로 뛰어가더니 차 문을 능숙하게 열어젖혔다. 동그라미가 네 개 겹쳐진 엠블럼이 달린 외제차였다.

"학원 말고 우리 집 가자."

이현이는 다짜고짜 우리에게 차에 타라고 재촉했다. 자기도 원래 학원 가야 하는데 오늘은 엄마와 딜이 가능하니 놀자고 졸랐다. 그 바람에 우리는 엉겁결에 줄줄이 차에 탔다. 미색 시트가 깔린 차 안은 엄청 고급스러웠고 더불어 나도 고급스러워지는 기분이 들었다. 집 앞에 도착했을 때 차를 운전해 준 아저씨가 직접 문을 열어 줘서 더더욱 그랬다.

이현이네 집은 그동안 살면서 내가 본 그 어떤 집보다도 근사했다. 이런 집에 사는 애랑 친구라는 게 약간 으쓱했다. 우리 집과 너무 비교되지만 사실 얘들이 우리 집을 알기 전까지는 굳이 주눅 들 필요는 없으니까.

'우리 집에 갈 일도 없는데 뭐.'

막연하게나마 이런 생각을 했다.

이현이네 집에는 구경할 게 그야말로 눈 돌아가게 많아서 시간이 어떻게 지나가는지 모르고 놀았다. 거실에 걸린 가족사진을 보니 이현이는 엄마, 아빠, 오빠, 언니에 반려견까지, 가족도 참 많았다. 식구라고는 할머니밖에 없는 나랑은 많이 달랐다.

날이 어둑해지자 아까 그 기사 아저씨가 우리를 차에 태워 지하철역에 내려 줬다. 보나는 엄마가 데리러 왔다며 맞은편으로 뛰어갔고, 주희와 나는 지하철역으로 내려갔다.

주희에게 “너희 집은 어디야?” 하고 물었는데 주희는 대답 없이 오른쪽 플랫폼으로 먼저 들어가 버렸다. 사실은 우리 집도 그쪽 방향인데 나는 반대편으로 가는 지하철을 탔다. 왜 그랬을까? 다시 생각해 보니 아마도 지하철을 같이 타면 주희가 나한테 어디 사냐고 물을 것 같아서 그랬던 것 같다.

나는 지하철을 타고 서너 정거장을 가다 다시 집 방향으로 가는 지하철로 바꿔 타고 역에서 내렸다. 지하철역 계단을 오르는데 오늘따라 집으로 가는 길이 멀게 느껴졌다. 지하철을 오래 타서가 아니라 마음이 무거워져서다. 문득 이현이 집에 가기 전의 우리가 더 좋았단 생각이 들었다. 이현이가 어떻게 사는지 몰랐을 땐 이런 무거움은 없었으니까.

'이현이네에 가질 말걸.'

돌이킬 수 없는 일인데도 자꾸 도돌이표가 찍힌 것처럼 생각을 되풀이했다.

지금의 내 마음을 굳이 비유를 하자면 이렇다. 이현이네 집에 가기 전에 우리의 점수는 모두 똑같이 5점이어서 5×4=20이었는데, 새삼 내 별점만 1점이 된 것 같은 기분이 든다. 다시 말해 이전의 우리는 모두 똑같았는데 이현이네 집을 다녀온 뒤로 내가 보잘것없고 한없이 작고 추레해진 기분이 든다.

혹시 다른 애들도 나 같은 생각을 할까? 아니면 나만 이러는 걸까? 마음에 구멍이 난 기분이 들어 불편했지만 애써 무시했다.

역 근처에 있는 마을버스 정류장에 서 있자니 또다시 내가 작아지는 기분이 들었다. 이유인즉 아까 이현이네서 들었던 단어가 팝업 창처럼 불쑥 떠올랐기 때문이다.

'원주민.'

까망 비닐봉지를 든 아줌마, 추레한 배낭을 메고 막걸리 냄새를 풍기는 아저씨, 날도 안 추운데 잔뜩 때가 탄 누비 조끼를 입은 할머니가 버스를 타려고 내 앞에 서 있었다. 맞다! 다들 원주민들이다.

아까 보나가 며칠 전에 3학년 교실에서 도난 사고가 있었다는 이야기를 하자, 이현이가 대번에 그랬다.

"우리 학교에도 능포리 원주민 애들도 다닌다던데. 걔들 짓이겠지!"

그러자 보나가 말했다.

"걔네는 걔네 동네에서 학교 다니지, 왜 여기로 와?"

우리 학교는 계획된 신도시의 한가운데에 있는 신설 중학교다. 거대한 성벽처럼 솟은 고층 아파트 단지가 신도시를 둘러싸고 있고, 큰 길 건너편은 우리 동네와 맞닿아 있다. 사실 우리 동네는 이 지역에서 가장 먼저 자리 잡은 구도심이다. 그런데 신도시 사람들은 구도심과 같은 지역으로 묶이는 게 싫다며, 구도심 사람들을 원주민이라고 부르기 시작했다. 우리가 먼저 살고 있었는데 자기들이 뒤늦게 와 놓고는 금을 긋다니…….

‘원주민.’

물론 사전적인 의미는 ‘원래 살고 있던 주민’인데, 이현이가 말한 원주민에는 그 뜻 말고 다른 의미가 더 들어 있다. ‘후지다.’는 뜻이겠지.

내 별점이 갑자기 5에서 1로 변한 것 같은 기분이 든 이유가 바로 그것 때문이다. 나도 원주민이니까. 하긴 나도 우리 동네 이름을 말하기가 창피해서 늘 어물쩍 넘기는 편이다.

지하철이 도착했는지 갑자기 역 출구에서 사람들이 쏟아져 나와 마을버스 정류장에 차곡차곡 줄을 섰다. 고개를 돌려 사람들을 바라보니, 종점 근처에서 내릴 원주민과 얼마 안 가 내릴 새 아파트 주민이 대충 구분이 된다. 저 사람들도 나를 보고 ‘원주민이구나.’ 라고 생각할까?

집에 도착해서 밤새 잠을 설쳤다. 아까 이현이의 말에 ‘거기 우리 동네야.’라고 했었어야 했나? 하고 자책하며 뒤척였다.

아침에 일어나니 머리가 약간 아팠다. ‘옳다구나!’ 싶었다. 할머니에게는 감기에 걸려서 학교에 못 가겠다고 했다. 그리고 일부러 과장되게 약을 털어 넣었다. 사실은 비타민 C였다. 등을 돌린 채라 할머니는 어차피 몰랐겠지만.

아픈 척하느라 이불을 뒤집어쓰고 누워 내내 그 생각만 했다. 내가 원주민이 아니었으면 좋겠다는 생각. 이현이가 원주민이란 표현을 꺼내기 전까지는 아무렇지 않았는데 왜 순식간에 추락한 기분이 드는 걸까? 대체 왜?

어제 보나가 강당에서 내 얼굴에 화장을 해 주면서 그랬다.

"이세은 얘는 워낙 코가 오똑하고 전형적인 '차도녀' 이미지니까, 굳이 코에 쉐이딩은 안 해도 되고 하이라이터도 필요 없어. 차라리 요기 볼을 이렇게 베이지톤으로 터치해서 부드럽게……."

내가 원주민인 걸 알았어도 보나가 차가운 도시 여자 같다는 말을 했을까? 어제와 오늘의 내가 다른 건 아무것도 없는데, 왜 나는 원주민이란 말 속에 갇혀 있는 걸까?

사실 나는 말에만 갇힌 게 아니라 두려움에도 갇혀 있었다. 내가 원주민이라는 것을 아이들에게 들킬까 봐 두렵고, 나는 아무 짓도 안 했는데 그 사실만으로 차별받을까 봐 두려웠다. 모처럼 마음 맞는 친구들을 만들었는데 잃을까 봐 무섭기도 하고. 차라리 이대로 집에 갇히게 되었으면 좋겠다는 생각도 했다. 여기서 멈추는 게 덜 아플 거 같으니까.

아침부터 아이들이 보낸 메시지는 일절 확인해 보지 않았다. 차려 준 밥도 안 먹고 종일 누워만 있으니 저녁나절에는 할머니가 거실에 앉아 한숨을 쉬며 말을 꺼냈다.

"학교서 알라들이랑 싸운 겨?"

내가 대답을 하지 않자 또 구시렁거린다.

"속은 끓여도 밥은 먹어 가면서 있어야지. 학교 빼먹고 굶는다고 뭐가 되간디?"

할머니는 내가 감기에 안 걸렸다는 걸 다 아는 눈치다. 뭐 어쩔 수 없다. 할머니는 나의 속상한 마음을 달래 주다 참지 못하고, 언제나처럼 여기 있지도 않은 엄마 욕을 하며 나갔다. 할머니는 내가 기분이 안 좋으면 늘 엄마를 소환한다. 엄마는 아빠랑 이혼한 뒤 돈 벌어 오겠다고 큰소리치며 할머니에게 나를 맡기고는 부산으로 가더니 벌써 2년

째 돌아오지 않고 있다.

엄마 때문에 힘든 것도 아닌데 할머니가 엄마 이야기를 꺼내니 갑자기 눈물이 났다. 눈에 고인 눈물이 내 코 옆 골을 지나 입술을 살짝 적시고 방바닥으로 떨어지자, 진짜 엄마 때문에 내가 원주민이 된 거라는 생각이 들었다. 새삼 구체적인 원망이 솟구치기 시작했다. 우리도 신도시로 이사 가자고 떼써 볼 엄마도 아빠도 내 옆에 없는 게 서러웠다. 그래서 할머니가 없는 때를 틈타 원 없이 펑펑 울었다. 할머니가 있으면 나는 마음껏 울 자유도 없으니까.

한바탕 울고 나니 배가 고파져서 자리에서 일어나 슬리퍼를 신고, 는적는적 할머니를 찾으러 노인정으로 갔다. 가서 배고프다고 할머니에게 떼쓰면서 팔찡을 끼고 집으로 와야지 생각하면서.

그런데 노인정 근처에 있는 팔각정 옆으로 술에 취해 비틀거리는 할아버지를 부축해 걸어오는 아이가 눈에 들어왔다. 한 손에는 벗겨진 할아버지의 모자를 쥐고, 다른 한 손으로는 할아버지를 부축하고 있었다.

놀랍게도 그건 신주희였다. 뜻밖의 마주침에 나는 눈이

동그래졌다. 날은 이미 어둑해졌지만 마치 주희 머리 위로 부분 조명이라도 비춘듯이 너무도 분명하게 보였다. 나는 본능적으로는 숨고 싶었지만 이미 서로 마주 본 뒤라 그럴 수 없었다. 그렇다고 '주희야!' 하고 부를 수도 없었다. 왜냐면 서로 마주치고 싶지 않은 데서 마주쳤으니까.

그 자리에 멈춰 선 나와 달리 주희는 마치 내가 투명 인간이라도 된 듯 할아버지를 끌다시피 하면서 지나갔다.

하지만 나는 안다. 주희가 절대 나를 못 봤을 리 없다는 걸. 나를 보고 나서 할아버지를 더 신경질적으로 잡아당겼으니까.

어쩌면 주희를 닮은 애였을지도 모른다고 생각할 수조차 없었다. 왜냐하면 걔 팔목에는 어제 보나가 빌려준 형광색 플라스틱 팔찌가 덜렁거리고 있었으니까. 집으로 돌아가는 길에 할머니가 내 확신에 힘을 실어 줬다.

"신 영감 손녀딸도 너랑 똑같이 생긴 교복 입고 댕기던데, 모르는 애여?"

나를 못 본 척한 주희를 생각하며 할머니에게 답했다.

"몰라. 학교에 애들이 얼마나 많은데."

"한두 달 되었나? 아들이 사업 망해서 창졸간에 애들이랑 다 들어와 산다던디……."

나는 분명 누군지 모른다고 했는데도 할머니는 내가 안다고 한 것처럼, 집에 도착할 때까지 내내 주희네 이야기를 했다. 주희도 나처럼 엄마랑 같이 안 사는데 할머니도 안 계셔서 주희가 집안일을 다 하고 남동생도 돌보느라 애쓴다고 했다.

다음 날 나는 힘을 내서 학교로 갔다. 힘을 내야 할 것 같았다. 나 자신을 위해서 스스로 힘을 낸 건지 아니면 어제 동네에서 주희를 봐서 그게 내게 힘이 된 건지는 잘은 모르겠다.

그렇다고 주희를 만나서 '너도 원주민이구나?'라든가 '너도 혹시 네 점수가 별 하나로 느껴지니?'라며 동병상련을 나눌 생각은 추호도 없었다. 아니, 그렇게 하고 싶었어도 할 수 없었다.

일단 주희는 어제 우리가 만난 적이 없는 것처럼 행동했다. 완벽했다. 눈동자조차 조금도 흔들리지 않았다. '내가 어제 꿈을 꾼 건 아닐까?' 하고 의심이 잠깐 들어 아예 입을 뗄 수조차 없었다. 다들 그저께의 보나와 이현이와 주희, 그대로였다.

"야! 이세은, 어제 왜 안 왔쩡?"

"그니까, 메시지도 안 보고 왜 그래쩡?"

"모야모야모야잉."

그래서 나도 이현이네 가기 전 그저께의 나처럼, 원주민이란 말은 태어나서 한 번도 들어본 적 없고, 주희를 우리 동네에서 마주친 적도 없는 아이처럼 행동했다. 그 애들과 비교해서 하나도 모자라지 않은 온전한 5로, 나머지 세 명의 5와 같이, 여전히 교실 안에서 나대면서 콧소리까지 섞어 가며 말했다.

"감기 때문에 아팠쪄. 목 아파 코로나인 줄 알았잖앙."

"세은이 너 안 와서 우리 포토박스에 못 갔잖앙. 어제 보나가 패션 가발을 박스채 갖고 왔었거덩."

"그래? 오늘 가자앙."

"이이잉~ 그거 언니한테 들켜서 뺏겼어. 내일 촬영에 쓸 거래. 그리고 언니 서랍 자꾸 뒤진다고 머리도 한 대 맞았어.”

보나의 말이 끝나자마자 우리 넷은 동시에 합창을 했다.

“아! 아까워라……! ”

그러면서 “잉잉잉” 우는 시늉을 하다 동시에 머리채를 흔들면서 다섯까지 세고는 일제히 깔깔대고 웃었다. 우리끼리 상황극 하는 것처럼 만든 패턴이다. 이거 말고도 우리만의 놀이 패턴은 기록해서 역사로 남겨도 될 정도로 무궁무진하다.

“대신 우리 언니가 뷔페 쿠폰 줬지롱!”

그러면서 보나는 유명 레스토랑 쿠폰을 들고 우리 앞에서 흔들었다. 우리는 우리만의 방식으로 환호했다.

“와우 와우 와~ 신나.”

수업을 마치고 한참 검색한 끝에 지하철로 열 정거장이나 가서 전망 좋은 고층 건물에 자리 잡은 레스토랑에 도착했다. 가는 내내 수다를 떨어 대서 식욕은 하늘을 찌를 듯이 치솟았다.

자리를 잡자마자 우리는 허겁지겁 접시에 음식을 덜어

와 자리에 앉았다. 각자 덜어 온 음식에서 저마다의 식성이 그대로 드러났다. 누구는 샐러드, 누구는 해산물, 누구는 튀김류와 피자를 많이 가져온 걸 보더니 주희가 말했다.

"각자의 자화상이 접시에 드러나네."

아닌 게 아니라 마른 체형인 이현이와 내가 가져온 음식이 토실한 체형인 보나와 주희의 것과 완전 달랐다. 그 뒤로 우린 새로 음식을 가지러 갈 때마다 "자화상 그리러 가자."라며 농담을 했다.

음식을 먹는 내내 나는 주희와 단 둘이 자리에 남게 될까 봐 불안했다. 그건 주희도 마찬가지였는지 교묘하게 엇갈려 나가게 되면서 둘만 남겨지는 일은 없었다.

그런데 디저트를 먹기 전에 화장실에 갔다 오다 세면대 앞에서 주희와 딱 마주쳤다. 손을 씻으면서 거울에 비친 주희를 힐끗거리자 마침내 주희가 입을 뗐다.

"그만해. 그렇게 티나게 굴지 좀 말라고!"

"어? 어!"

"그날 왜 널 모르는 척했냐고? 너도 나도 인정하기 싫었잖아. 나도 전에 이현이가 원주민 얘기 꺼내서 완전 놀랐다고. 근데 나는 사실 할아버지 집에서 잠깐 지내는 거야. 엄밀히 말하면 거기는 우리 집이 아니야.”

‘헉! 뭐야? 그래서 너는 나랑 다르다고?’

속앳말로 내가 대꾸하는데 주희가 이어서 말했다.

“그래서 너랑 다르다는 건 아니고……. 그게 뭐 대수야? 그냥 다 다른 것뿐이야. 생긴 게 다르듯이, 엄마 아빠가 다 있는 애들도 있고, 한쪽이 없는 경우도 있고, 다 없기도 하고, 그런 거 아냐? 그런 상황이 우리를 말하는 건 아니잖아? 마찬가지로 원주민? 그딴 표현에 갇힐 필요 없잖아. 그게 우리도 아니고, 우리가 뭘 잘못한 것도 아닌데! 솔직히 신도시가 생긴 지 얼마나 되었다고……. 지들이 만든 표현이지. 안 그래?”

“맞아. 예전에는 우리 아파트가 이 동네서 최고였거든? 그때는 오히려 지금 신도시 지역에 폐가가 많아서 엄청 흉흉했다고. 뭐 지금은 우리 동네가 상대적으로 낡아 보이긴 해도 나중에 어떻게 될지 모르는데 굳이 우리가 지금 모습에 주눅 들 필요는 없어.”

“그러니까. 내 말의 요점은 후진 데 산다고 우리가 후지냐? 아니잖아. 남들 시선이 뭐 중요해? 그러니까 이런 일로 쪽팔릴 필요도 기죽을 필요도 없어.”

“그래. 동의!”

그리고 속으로 정리했다.

‘어떤 동네, 어떤 집에서 누구랑 어떤 모습으로 살든, 이세은은 이세은일 뿐이야. 내가 왜 남들의 잣대에 재단되어야 해?’

그때 보나가 화장실로 들어왔다.

“어! 너네 여기 있었네? 뭐 그렇게 진지하게 얘기해?”

“주희랑 자화상 그리는 법에 대해 의논 중이었어.”

“야! 더럽게 뭐 먹을지를 왜 하필 화장실에서 의논해?”

“크크크.”

엉겁결에 자화상이란 말로 둘러댔는데 말하고 나니 이건 진짜 ‘자화상’의 문제란 생각이 들었다. 자화상이란 건 자기 스스로를 그린 초상화인데 며칠 동안 내가 나를 그리는 데 문제가 있었던 게 사실이니까.

‘원주민’이란 말 하나에 나 스스로를 부끄러워했고 또 이현이네 집과 우리 집을 비교하면서 나 자신을 속이 빈 공갈빵처럼 여겼으니까.

이렇게 나는 그대로인데 왜 느닷없이 내 점수를 별 다섯 개에서 별 하나로 떨어뜨린 거람?

배가 터지기 직전까지 먹은 뒤 우리는 '소화시킬 겸 집까지 걸어가자' 파와 '배불러서 못 걷겠다' 파로 나뉘었다.

"야! 지하철로 무려 열 정거장이나 되는 거리를 걷는 게 말이 돼?"

보나와 주희의 반대가 만만찮았지만 이현이와 난 꿋꿋하게 밀어붙였다.

"가로질러 가면 그렇게 멀지 않아."

"싫어, 싫어! 왜 힘들게 그런 데다 기운을 빼?"

머리채를 흔들어 대는 보나에게 이현이가 점잖게 타이르듯이 말했다.

"우리, 청춘이잖아. 이럴 때 아니면 언제 해 보겠어? 아니, 고생도 사서 한다는데, 할 수 있는 거 다 해 보고, 채울 수 있는 것도 다 채워야지. 경험치도 채우고, 다리 근육도 키우고 또……."

이현이의 이야기를 듣는데 갑자기 내 머릿속에 뭔가 반짝! 하고 떠올랐다.

'맞아! 우리 지금 그럴 때지. 무엇을 하고 무엇을 채울지는 우리가 정하는 거고. 물론 우린 서로 다른 존재니까 당연히 성격, 외모, 사는 곳 다 다르지만, 그런 조건으로 줄을 세워서 순서나 등급을 매길 수는 없는 건데 말이야. 누가 더 잘나고 못나고 그런 거 없이, 각자 다 홀로 빛나는 별이잖아.'

갑자기 머릿속이 말개진 기분이 들었다. 그동안 헷갈렸던 게 정돈되었달까?

난 이현이의 말을 적극 지지했지만 2대 2로 갈리다가 결국 합의를 봤다. 일단 걸어가면서 끝말 이어가기를 하다가 이기는 사람의 결정에 따르기로. 다들 끝말 이어가기를 좀 해 본 선수들이라 승부는 쉽게 나지 않았다. 결국 걷다 중간쯤에서 지하철을 타게 되었으니 우리 넷 모두에게 행복한 결론이 난 셈이다.

나는 주희와 마을버스를 기다리면서 속으로 결심했다. 다음에 만나면 아이들에게 '자화상을 그려 보자.'고 제안을 해 보기로. 그림 말고 말로 풀어 내는 자화상 말이다. 자기 자신에 대해 이야기해 보자고.

고양이 시계를 돌려주는 날, 만점 야옹이 화니의 기운을 받아 용기 내어 내가 먼저 자화상 말하기 스타트를 끊어 보리라. 어쩌면 요 며칠 내가 느낀 감정들도 솔직하게 다 털어놓을 수 있을 것 같다. 그러면서 화니처럼 내 점수도 여전히 별 다섯 개라며 너스레를 떨어야지.

그렇게 난 원주민이란 표현에서 자유로워질 거다. 숨기고 뒷길로 다니기 시작하면 계속 그래야 할 테니까. 부끄러운 일이 아니니까. 용기 있게 첫발을 내딛어야지.

내 점수는 별 다섯 개이고, 다섯 개를 넘어 열 개가 될지, 백 개가 될지는 다 나한테 달린 거니까!

즐거운 고립

애들이랑 어울리지 않는 게 나쁜 건가?

"야! 황이언! 이거 뭐냐?"

미수가 흔드는 종이의 그림과 글씨는 얼핏 봐도 내 것이 분명하다.

'뭐야! 내 가방을 뒤진 거야?'

누군가 내 노트를 핸드폰으로 찍어 프린트한 게 분명하다. 하마터면 입 밖으로 욕이 나올 뻔했지만 간신히 참았다. 신중해야 한다. 모든 일에는 타이밍이란 게 있다. 여차하면 일이 커질 수 있으니까. 게다가 상대는 송미수다. 애들 따돌리는 게 취미인 데다 성질도 아주 고약한 애다.

언젠가 체육 시간에 누군가 실수로 던진 공에 송미수가 맞았는데 난리가 났었다. 사과로 끝이 안 나서 결국 실수로 던진 애가 공으로 똑같이 한 대 맞고서야 끝이 났으니까. 그때 누군가 송미수더러 '지랄탄'이라며, 쟤 건드리면 큰일 난다고 말하는 걸 들었다. 간단히 말해 대화가 잘 안되는 아이라고 보면 된다.

나는 되도록 차분히 미수에게 되물었다.

"그게 뭐야?"

"네 거니까 네가 알겠지?"

"그러니까. 내 노트의 일부라는 건 알겠는데, 그게 뭐?"

"네가 뭔데 이딴 짓을 해?"

미수의 말에 주변에 서 있는 몇몇 애들이 동조하듯 콧방귀를 뀐다. 이미 미수와 입을 맞춘 애들일 것이다. 그래서인지 미수의 어깨에 한껏 힘이 들어가 있다. 나는 침착하게 말했다.

"남의 걸 멋대로 들춰 본 너희가 잘못한 거 아니야?"

"우리 이야기를 쓴 거니까 남의 거라고 할 수 없잖아?"

역시 송미수답다. 내 것, 남의 것도 구분 못 하다니…….

아니, 못 하는 게 아니라 안 하는 거겠지만.

할 수 없이 나는 이야기의 초점을 바꿨다.

"근데 누가 내 노트를 맘대로 복사한 거야?"

"누가 했든 그건 네 알 바 아니고. 중요한 건 네가 허락 없이 우리를 그린 거잖아?"

"내 노트에 내가 그림을 그리고 내 느낌을 적은 건데, 그게 어때서?"

내 말에 미수는 기다렸다는 듯이 아이들 쪽으로 몸을 돌리고 큰 소리로 외치기 시작했다.

"아~ 그래? 얘들아, 얘가 너희를 어떻게 그렸는지 알아? 오호호호. 이 얼굴 그린 거 봐라. 이건 아니지 않니? 대갈장 군에 숏다리, 여드름 박사, 수세미, 빵빵이, 양파쿵야, 뱃살 지느러미까지……."

미수는 자극적인 표현을 골라 하며 아이들을 부추기기 시작했다. 아이들은 그림을 보기도 전에 미수의 오버 액션에 기분부터 상해서 씩씩거리며 모여들었다.

"뭐야! 이게 나라고?"

"우씨! 왜 나는 다리가 없어?"

"내 얼굴이 네모야?"

어떤 애들은 그림을 보면서 저마다 떠들어 댔고, 어떤 애들은 자기 자리에 앉은 채로 소리쳤다.

"단체 채팅방에 올려 봐. 한번 보게."

내가 그린 그림은 그냥 캐리커처일 뿐이다. 캐리커처라는 게 원래 사람의 특징을 과장하거나 희화화해서 그리는 그림이라, 당사자가 보기에 맘에 안 들 수 있다. 그런데 이렇게 누군가 나서서 부정적인 말로 선동하면 다들 그 말에 휩쓸리게 되어 있다. 만약 누군가 '귀엽다'나 '재밌다'로 그림평을 시작했다면 아마 다들 그렇게 봤을지도 모른다.

"너 캐리커처 몰라?"

"뭔 처? 나는 그런 거 몰라. 어쨌든 네가 뭔데 우리를 평가질이야?"

우리 반 아이들의 특징을 내 느낌대로 그리고, 옆에 간단한 프로필을 적어 놓은 노트일 뿐이지만, 이런 식으로 공개되면 좋을 게 없다. 가만히 있으면 아이들이 두고두고 뒤에서 내 험담을 할 거고, 나중엔 없는 말도 만들어서 나를 공격할 수도 있다. 나도 학교생활을 1, 2년 한 게 아니라서 이

정도는 안다. 그러니 내 쪽에서 먼저 이 일이 아무것도 아닌 걸로 만들어야 한다. 최고의 방어는 공격이다.

가방에서 노트를 꺼내 들고 앞으로 나갔다. 미수가 들고 있던 종이도 낚아챘다. 그러고는 교탁 앞에 섰다. 종례 직전이라 반 아이들이 얼추 다 있으니 지금이 굿 타이밍이다.

노트를 아이들 쪽으로 펴 보인 채 당당하게 말했다.

"얘들아. 나는 미대 지망생은 아니지만 그림 그리는 걸 좋아해. 그래서 그냥 내 노트에 낙서하듯이 그린 거야. 너희를 흠잡거나 놀리려고 그린 게 아니야. 그냥 특징을 표현하는 캐리커처를 그린 거라구. 재미 삼아 거기에 간단한 프로필을 적은 것뿐이야. 너희도 각자 느낌대로 아이들을 평가하잖아. 예를 들면 나를 '자발싸'라고 부르듯이. 그냥 자발싸다운 취미 생활이라고 생각해 줘."

나도 귀가 있어서 나를 두고 아이들이 하는 말을 들은 적이 있다. '자발싸'는 '자발적 아웃사이더'를 말한다. 말 시키면 단답형으로 대답하고, 남들에게 잘 보이려고 애쓰지도 않고, 늘 혼자 다니는 나를 가리키는 말이다. 그 외에도 조용한 재수탱이라는 뜻의 '조재수'도 있지만 그건 굳이 거

114

론하지 않았다. 아이들을 비난하는 것처럼 들리면 안 되니까. 그렇게 되면 '너희도 날 씹었으니 나도 씹으려고 그린 거다.'로 들릴 수 있다. 그건 위험한 일이다.

"그러게. 낙서 가지고 뭐 이렇게 일을 키우냐?"

몇몇 아이들은 내 말에 수긍하는 눈치다. 하지만 조금 더 어필해야 한다. 내가 가해자가 아니라 피해자란 사실을. 그래야 나중에 문제가 안 될 테니까. 나는 진지하게 내 입장의 정당성을 설명했다.

"근데 가방 안에 있던 내 노트를 몰래 이렇게 복사해서 공개하는 건 엄연한 사생활 침해잖아. 안 그래? 사생활은 보호받아야 하는 거 아니야?"

송미수와 몇몇 애들이 어이없다는 표정을 지었다.

"쟤 뭐래?"

그러자 반장과 아이들 한두 명이 내 편을 들어 줬다.

"대체 누가 남의 가방을 뒤져? 무슨 짓이야?"

"그러게. 그건 좀 아니다."

"남의 가방 뒤지는 건 너무하지 않냐?"

나는 그 여세를 몰아 말했다.

“단체 채팅방에 내가 그린 그림을 올릴게. 너희들이 보고 판단해.”

다음 날 담임 선생님이 나를 상담실로 불렀다. 노트에 그린 그림 때문은 아니었지만 그 일이 영향을 미친 것 같다. 교실에서 조용히 지내던 애가 아이들 앞에서 목소리를 냈으니까.

상담실 의자에 앉자마자 선생님은 “너한테 문제가 있다는 게 아니라,”며 서두를 꺼냈지만, 요지는 ‘황이언! 너 문제 있어.’였다.

“이언아. 학교는 공부만 하러 다니는 데가 아냐. 친구도 사귀고 뭐, 씨울 수도 있겠지. 하지만 친구랑 싸우고 화해하면서 문제 해결하는 법을 배우고 그러는 거야. 그게 사회화라는 거고. 인간은 사회적 동물이니까 더불어 살아야 하잖아?”

“네.”

“선생님은 네가 고립되어 지내는 게 맘에 걸려. 쉬는 시간에도 맨날 혼자 책 보고 낙서만 해서는 애들하고 어울릴 수 없어. 애들이랑 대화도 하고 같이 깔깔대고 사이좋게 지내면 좋잖아? 그래야 서로 유대감도 생기고……."

'네. 앞으로는 그렇게 할게요.'라고 답하면 면담이 바로 끝나겠지만, 그럴 수 없다. 나는 그러지 않을 테니까. 그냥 이 시간이 지나가기만을 견뎌야 한다. '왜 꼭 그래야 하는 거지?'라는 생각을 하면서.

솔직히 이런 이야기는 그간 집에서도 숱하게 들어 왔다.

"너는 왜 친구가 없니?" "애가 사교적이지 못해 걱정이네." "다른 애들처럼 해 봐." "남들 비위도 맞추고 싫은 것도 하고 그래야지, 세상 혼자 살래?" 등등.

엄마의 걱정은 말로만 끝나지 않았다. 언젠가는 홈쇼핑에서 산 스틱 형태의 선크림을 보조 가방에 박스째 챙겨 주면서 체육 시간에 반 아이들에게 나눠 주라고 했다. 집에 많으니까 나눠 쓰자는 거라고 했지만, 나는 알고 있었다. 엄마는 내가 반 아이들에게 환심을 사기를 바랐던 거다.

물론 나는 그렇게 하지 않았다. 내 생각에 그건 순서에 안 맞는 행동이다. 누군가와 친해서 물건을 나눠 쓰는 것과 친해지고 싶어서 물건을 주는 건 다르다. 전자가 호의라면 후자는 뇌물처럼 느껴진다. 나는 그렇게 친구를 사귀고 싶지 않다. 나의 경험상 뇌물은 관계를 망친다.

6학년 때 내 짝이 자기 고모가 조향사라며 고급 향수를 주길래 아무 생각 없이 받았다. 이후에 짝이 다른 애랑 싸웠는데 내가 자기 편을 안 들어 줬다면서 나를 비난했다.

그때 그 애가 그랬다.

"넌 그 비싼 향수까지 받아먹고 의리 없이 무시하냐?"

나는 걔들이 왜 싸웠는지 이유조차 몰라서 무조건 편을 들 수 없었는데, 향수를 받은 게 내 발목을 잡을 줄은 정말 몰랐다. 다른 애들에게 들었는데 짝에게는 조향사인 고모도 없다고 했다. 다음 날 향수를 돌려줬지만 그 뒤로는 내 짝을 비롯해 짝과 친한 서너 명의 반 애들에게 호되게 따돌림을 당했다. 입에 담기 싫을 정도의 치사한 방법으로 말이다.

그때도 엄마는 내 편을 들어 주기보다는 난감한 표정을 지으며 말을 흐렸었다.

"너하고 친해지고 싶어서 향수를 줬나 본데……. 그냥 좀 잘 지내지. 그걸 뭘 또 바로 냉큼……."

외할머니도 비슷한 이야기를 했다.

"그냥 얼레벌레 넘어가는 것도 있어야지. 너무 까탈스럽게 굴면 지내기 어려울 텐데……."

그러면서 옛말에 '맑은 물엔 고기가 안 논다.'라는 말이 있다고도 했다.

나는 한동안 많이 고민했었다. '내가 너무 눈치가 없는 걸까?' 하고 반성하고, 아이들과 잘 지내기 위해 이런저런 궁리도 했다. '좋은 게 좋은 거다.'라는 말을 좌우명처럼 생각한 적도 있었다. 당시에 앞집 애가 인기가 많아서 반장도 되고, 걔 생일 파티에는 우리 아파트가 들썩거릴 정도로 애들이 몰려왔었다. 그걸 본 엄마 아빠가 부러워하길래 나도 나름 무지하게 노력을 했었다. '모두와 사이좋게 지내야 한다.'는 강박관념에 사로잡혔다고나 할까?

지금도 그때를 떠올리면 땀 흘리며 남들을 따라다니던 내 모습이 연상될 정도다.

한번은 같은 동에 살던 유희라는 애랑 같은 반이 되면서 걔가 친하게 다니는 애들이랑 어울린 적이 있었다. 그렇게 처음으로 반에서 잘나가는 그룹에 들어가게 되었다.

하지만 그룹에 속한다는 건 마치 뭐든 맞춰야 하는 암묵적인 규율을 따라야 하는 것과 같았다. "화장실 가자."라고 하면 일제히 가야 하고, "매점 갈까?" 하면 또 우루루 몰려가야 하고. 누군가의 뒷말을 할 때도 반대 의견을 내놓는 건 거의 배신 행위로 여겨지기 때문에, 아니라고 생각해도 가볍게 고개 정도는 끄덕여야 했다.

문구 취향을 맞추는 일은 그다지 어렵지 않았다. 무엇보다 제일 곤란한 건 아이돌 이야기를 할 때였다. 사실 나는 아이돌에 관심이 전혀 없었는데 친구들 이야기에 한마디씩 거들어야 해서 공부하듯이 정보를 알아 가야 했었다.

어제 뭘 했는지 일상을 미주알고주알 나눠야 하는 것도 버거웠다. 쟤가 하는 걸 나도 해야 하고, 쟤가 아는 걸 나도 알아야 한다는 생각으로 늘 두리번거리며 지내야 하니까.

모이를 찾기 위해 사정없이 밭을 헤쳐 놓고 다니는 변변찮은 닭이 된 기분이었다. 그룹에서 낙오되지 않기 위해 취향에 맞지 않아도 맞다고 하고, 듣고 싶지 않은 뒷말에도 말을 보태면서 늘 나를 감춰야 했다. 읽고 있는 책을 숨기기도 하고, 유행에 맞지 않는다는 이유로 좋아하는 운동화도 못 신었다.

친해지기 위해 혹은 떨어져 나가지 않기 위해 발버둥을 치는 듯한 모든 작위적인 몸짓이 부질없게 느껴질 즈음, 나는 자연스럽게 그룹에서 도태되었다. 아니, 유희가 대놓고 말했다.

"너, 탈락이야."

두세 번 정도 다 같이 만나기로 한 약속에서 빠지고, 채팅방에서 대화를 따라가지 못한 일이 누적된 결과였다. '탈락'이라는 표현의 어감이 안 좋아서 약간 슬펐지만 한편으로는 안도감이 들었다.

'이제야 내 페이스대로 걸을 수 있겠구나.'

남과 속도를 맞추려고 미친 듯이 발장구를 쳐 대는 대신, 편하게 혼자 물 위에서 둥둥 떠다니면서 놀아야지 하고.

그 뒤로 나는 줄곧 혼자 놀았다. 하루하루 큰 변화가 없어 따분하기도 하고, 새 학기에도 아무 설렘이 없었다. 그냥 지루한 터널을 묵묵히 걸어 나가는 기분이었다. 뒤로 갈 수 없으니 앞으로 가는 것처럼.

가끔 외로울 때도 있었지만 대신 나에게 집중할 수 있어서 좋았다. 전에는 남들을 신경 쓰고 남들이 보는 나를 의식하느라 바빴다면 이젠 나를 찬찬히 들여다볼 수 있는 시간이 많아졌다고나 할까?

책을 읽고, 이런저런 이야기를 혼자서 끄적거리면서 캐릭터를 만들고, 만화도 그리면서 조금씩 내 꽁지에 불을 붙이는 기분이 들기도 했다. 언젠가 로켓처럼 쏭! 하고 어딘가로 날아갈 수도 있을 거라는 기대감도 있었고.

반 아이들의 캐리커처를 그리고, 프로필을 적는 것도 그런 일들 중 하나다. 나만 아는 모스부호처럼 반 아이들을 탐색해서 그리고 적는 일.

학기 초에 적은 메모를 학기 말에 맞춰 보는 것도 아주 재미있다. '그럴 줄 알았어.' 내지 '의외네?' 이런 생각을 하며, 아이들에게 나와 다른 점이 많다는 걸 배우기도 하고 나를 돌아보기도 했다.

담임 선생님은 내가 고립되어 지내는 게 마음 아프다고 했지만, 사실 이건 내가 선택한 것이다. 운동장에서 노는 아이들을 예로 든다면 공을 주고받으며 노는 애들도 있고,

혼자서 농구 골대에 공을 넣으면서 노는 애도 있다. 그늘 아래에서 삼삼오오 모여 수다 떠는 애들도 있고, 혼자 앉아 다른 애들을 구경하는 애도 있다. 이런 애 저런 애 중에 나는 혼자 노는 애일 뿐이다.

나는 이걸 '즐거운 고립'이라고 생각한다. 그런데 선생님은 여전히 나에게 문제 있다면서 나를 고쳐 보라고 한다. 하지만 그게 선생님이 나를 부른 이유일 리 없어 마음에 걸렸던 이야기를 먼저 꺼냈다. 어제 그 일은 엄밀히 미수의 잘못이고, 잘잘못은 반드시 짚고 넘어가야 할 문제니까.

"혹시 어제 애들이 봤던 제 그림 때문에 부르신 거예요? 그건 저 혼자만의 낙서 같은……."

"아니야. 그 얘긴 들었어. 그건 네 노트를 뒤진 애들이 잘못한 거야. 아까 불러서 단단히 주의를 줬어. 그런데 말이야."

내가 피해자인 걸 인정해 주니 위로가 되었다. 하지만 선생님이 '그런데 말이야.'로 이야기를 이어 나가는 걸 보니 그 일에는 내 몫의 책임이 있다는 걸로 들렸다.

"사실…… 네가 너무 애들하고 어울리지 않고 튕겨 나가니까…….”

잠시 머뭇거리다가 선생님은 본론을 이야기했다. 내용인즉, 다다음 주에 가는 수련회를 위해 방 배정을 하고 있는데 누구도 나와 같은 방을 쓰고 싶어 하지 않는다는 것이었다.

우리 학교 수련회는 핸드폰도 다 걷고 방 대항 장기 자랑을 하기 때문에 유난히 방 배정에 민감한 편이다. 친한 애들끼리만 모이는 건 사회성과 협동 능력을 키우는 수련회의 취지에 어긋나기 때문에 선생님들이 임의로 방을 정해 주는데, 아이들의 반발이 심해서 선생님 입장이 곤란한 것 같았다. 이런 얘기를 나에게 전하는 일이 선생님도 유쾌하지는 않을 것이다.

“그러니까 이언아……. 애들이 나쁜 의도가 있는 건 아니고 그게…….”

선생님은 말 꺼내기 조심스러워했지만 솔직히 나는 아무렇지도 않았다. 나는 오히려 아이들의 관심이 불편하다. 아이들 입장도 백번 이해가 갔다. 기왕이면 잘 맞는 애들끼리 같은 방을 써야 장기 자랑 하기에도 편할 테니까. 그래서 섭섭하다거나 화가 난다거나 그런 감정이 전혀 들지 않았다.

"전 괜찮아요."

"그래도 내 말을 흘려듣지 말고 애들이랑 잘 지내도록 노력을 해 봐. 요즘 애들이 좋아하는 게 뭔지도 알아보고. SNS만 봐도 다 알겠던데. 어쩌면 우리 반에 이언이랑 잘 맞는 애가 한 명쯤은 있지 않을까? 차근차근 해 보자. 알았지?"

"꼭 그래야 하나요?"

순간 선생님의 표정이 일그러졌다.

"황이언!"

"반 아이들과 가까워지지 않아도 전 잘 못 지내는 게 아닌 거 같아서요."

"무슨 말이야?"

"아이들이랑 잘 지내지는 않아도 못 지내지도 않거든요."

"물론 네 말이 무슨 말인지는 알아. 하지만 기왕이면 바람직한 방법을 생각해 보자는 거잖아."

선생님은 나를 보고 ‘졌다!’ 하는 표정을 지었다.

나는 억울했다. 반에서 물의를 일으키거나 누구와 싸운 것도 아닌데 왜 내가 이런 이야기를 들어야 하는 거지? 왜 나더러 다수의 아이들의 입맛에 맞는 아이가 되라고 하는 거지? 꼭 그렇게 살아야 하는 건가?

갑자기 안데르센 동화 〈미운 오리 새끼〉가 생각났다. 오리들 사이에 유난히 크고 못생긴 아이를 단지 자신들과 다르다는 이유로 공격하는 오리 형제들 이야기 말이다.

물론 ‘미운 오리가 알고 보니 백조의 새끼여서 나중에 근사한 백조가 되었다.’는 반전을 이야기하려는 게 아니다. 내가 지금 말하고 싶은 건 오리들의 엄마 이야기다.

처음에는 미운 오리 새끼를 부드럽게 다독여 주고 위로해 주던 어미 오리가 나중에는 점점 주변 시선에 환멸을 느끼면서 “미운 오리 새끼가 사라져 버렸으면 좋겠다.”고 대놓고 말을 하는 대목이 있다. 나는 선생님이 그 어미 오리처럼 말을 하는 것 같았다.

“이언아. 그냥 좀 애들이랑 잘 지내렴. 애들 비위에 거슬리지 말고, 좋은 게 좋은 거잖니?”

어른들은 따돌림당하는 아이도 못 보지만, 잘 지내는 것도 아닌 애매한 위치의 아이들도 그냥 두고 보기 힘든가 보다. 우리 반이 전부 1등이었으면, 하고 바라는 그런 마음과 비슷한 거 아닐까?

동그라미와 세모, 네모, 오각형, 육각형, 다양한 모형이 모여 있는 곳에 순위는 없다. 누가 더 잘나고 못난 것도, 옳고 그른 것도 없다. 그냥 다를 뿐이다. 그런데 왜 다름을 인정해 주지 않는 거지?

물론 동그라미가 가득 있는 곳에 세모가 눈에 띌 수는 있겠지. 그렇다고 세모에게 동그라미가 되라고 하면 안 되는 거 아닌가? 각자 쓰는 에너지의 폭과 방향과 타이밍이 다르니까 그냥 생긴 대로, 타고난 대로 인정해 주면 좋을 텐데 말이다.

물론 약간의 반성도 했다. 애들한테 내가 잘난 척하는 걸로 보였을 수도 있겠다 싶었다. “아 돈 케어.” 하듯이 남들 시선에 전혀 개의치 않는 것처럼 보였을 테니까.

그렇다면 학기 초에 번거롭더라도 좀 더 아이들에게 호의적으로 행동했어야 했을까? 하지만 계속 그렇게 할 수는 없으니까 결국 언젠가는 누군가를 거슬리게 했을지도 모른다. 모두에게 다 좋게만 보일 수는 없을 테니까.

그럴 바에야 차라리 학기 초에 '쟤는 원래 저런 애'로 찍히는 게 차라리 나을 수도 있다. '하드 타임'을 겪는 것도 성장에 필요하니까.

교실에 돌아오니 내 짝 민정이가 안절부절못하며 자꾸만 내 눈치를 본다. 그러면서도 선뜻 말을 못 거는 게 안쓰러워 내가 먼저 얼굴에 물음표를 띄우고 민정이 쪽으로 몸을 기울였다. 그러자 기다렸다는 듯이 내 귀에 대고 작게 속삭인다.

"너무 신경 쓰지 마."

다짜고짜 신경 쓰지 말라고 했지만 대충 알 것 같았다. 내가 상담실에 불려 간 사이, 아이들이 수련회 이야기를 하다가 내 이야기를 했을 테고 민정이는 그런 나를 안타까워하는 것이라 짐작이 되었지만, 그냥 모르는 척하고 물었다.

"뭘?"

그러자 민정이는 누가 들을까 봐 주변을 살피며 거의 들릴 듯 말 듯하게 말한다.

"아니……. 어차피 방 하나에는 다른 애들 말 신경 안 쓰는 애들끼리 모일 거니까."

"그래. 고마워."

그러자 민정이가 또 작은 소리로 속삭인다.

"너무 힘들어하지 마."

"그래. 그럴게."

민정이의 호의가 고마워서 그렇게 답했지만 진짜 솔직한 내 마음은 그게 아니었다. 나는 모든 애들과 다 잘 지내려고 애쓰는 민정이가 나보다 더 힘들어 보인다.

민정이는 미수 쪽을 힐끔 보면서 말을 이었다. 소심하게 한 문장을 통으로 다 말하지도 못하고 잘라서 하느라 쉼표가 잦았다.

"나는, 어제, 네가 그린, 캐리커처? 그거, 재밌더라."

"고마워."

우리 반 4번 김민정. 내가 '넘치게 착함'이라고 메모한 아이다. 좋은 일이든 나쁜 일이든 뭐든 넘치는 건 안 좋은 건데, 얘는 착함이 넘친다. 내가 보기엔 민정이는 '착해야 한다.'를 신조처럼 여기는 아이다. 늘 대세 추종자라서 남들이 좋다는 대로 다 하면서 틈틈이 얘한테도 잘하고 쟤한테도 잘하느라 늘 바쁘다.

송미수 몰래 나에게까지 위로를 건네듯이 민정이는 주변에 신경을 너무 많이 써서 자기를 드러내지 못하고 늘 쩔쩔맨다. 내 보기에 민정이는 착해서 착한 게 아니라, 거절할 힘이 없어서 착한 것 같다.

나는 나보다 민정이가 더 힘들 거라고 생각한다. 자기 안에 자기를 챙길 여유가 없으니까. 내가 나를 챙기지 못하면 끊임없이 남들에게 휘둘리게 되어 있다. 마치 옥상 위에 걸린 깃발처럼 마구잡이로 말이다. 나는 사실 '민정아, 너무 애쓰지마.'라고 말해 주고 싶지만 속으로만 생각했다. 어쩌면 내 말을 듣고 민정이는 애쓰지 않는 척하느라 고생할지도 모르니까.

누군가의 인정을 받기 위해 애쓰는 것보다는 차라리 미움을 받고도 나 자신을 지킬 용기를 갖는 게 더 맞다고 생각한다. 그래서 내가 잘 어울리는 것처럼 보이지 않아도 못 지내는 건 절대 아니라고, 다시 한번 선생님한테 말하고 싶다.

물론 내가 민정이보다 낫다는 말은 아니다. 나나 민정이나, 학교라는 바다에 점점이 떠 있는 하나의 섬들일 뿐이다. 우리 둘 다 서서히 시간이 지나면서 이렇게 저렇게 변해 가겠지. 내가 갈등을 견디면서 달라지고 있듯이 걔도 자신만의 속도와 방식대로 변하겠지.

모두 다 같은 곳으로 가라고 하지 않았으면 좋겠다. 각자의 스타일과 자기만의 색깔이 있는 거니까.

애매하고 모호할 때 읽는 소설

이 단편집은 분명한 것보다 애매하고 모호한 게 더 많을, 정규분포곡선의 끝과 끝이 아닌 가장 볼록한 부분, '평균 주변에 모여 있는 아이들'이 공감하고 위로받을 수 있는 이야기를 써 달라는 출판사의 제안에서 시작되었다.

편집자의 기획 의도를 읽는 순간, 마음 한 켜를 달구는 온기를 느꼈다. 누군가에게 손을 내미는 그런 글을 지어야겠다는 생각으로 뿌듯해져서일 거다.

나 역시 청소년기에 머리 위에 물음표를 단 채로 갈팡질팡했던 시간이 있었기에 누구보다 그 막막함을 잘 안다. 이걸 보면 이게 좋고, 저걸 보면 저게 좋다가도 또 아무것도 할 수 없을 것 같아서 두렵다가도 때론 근거 없는 자신감으로 의기양양하기도 하고. 그러다 별것 아닌 말에도 상처 입고 갈 길을 잃기도 하고…….

사실 자아정체성이 분명하지 않은 시기의 청소년들이 혼란을 겪는 건 아주 당연한 일이다. 분명한 것보다 애매하고 모호한 게 더 많으니까. 더욱이 요즘의 청소년들은 더 힘들다. 정보는 넘치고 도처에 메시지가 무분별하게 널려 있어 선택지가 너무 많아 어렵다. 게다가 스마트폰과 태블릿과 일체가 되어 살아가는 바람에, 몸소 움직이고 체험할 수 있는 경험을 차단당해서 더 힘들 것이다.

아직 사회화의 과정 중이니 혼란스러운 게 당연한 수순이지만 삶의 모든 순간, 내 선택의 결과가 지금의 나와 미래의 나를 만들어 갈 것이기에 우리는 가장 나다운 선택을 해야 한다. 나를 알고 삶의 노하우을 터득하려는 성장의 시간을 가져야 할 때가 바로 지금이다.

보통의 우리가 가질 만한 다양한 고민들을 이 소설 속 화자들은 어떻게 풀어 나가는지를 보면서 내 길을 찾아 나가는 데 지침이 되길 바란다. "모든 책엔 세상이 공짜로 들어 있어서 누구든 될 수 있고 어디든 갈 수 있어. 심지어 책은 목숨을 구할 수도 있어."란 빨간머리 앤의 말처럼 말이다.

우리는 누군가의 손을 잡고 일어서고 또 그렇게 일어선 자는 누군가에게 손을 내줄 테니…….

자! 손을 건네는 마음으로 이야기 속으로 들어가 보자.

박하령

내 점수는

별 다섯 개

1판 1쇄 발행 2026년 3월 20일

글 박하령

펴낸이 김상일 | **펴낸곳** 도서출판 키다리

편집주간 위정은 | **편집** 이신아 | **디자인** 이기쁨 | **마케팅** 윤재영, 김보미 | **관리** 김영숙

출판등록 2004년 11월 3일 제406-2010-000095호

제조국 대한민국 | **사용연령** 10세 이상

주소 경기도 파주시 심학산로 10

전화 031-955-9860(대표), 031-955-9861(편집) | **팩스** 031-624-1601

이메일 kidaribook@naver.com | **홈페이지** www.kidaribook.kr

ISBN 979-11-5785-784-5 (43810)